JN145621

ロス・クラシコス
Los Clásicos
5

ドン・アルバロ
あるいは　運命の力
Don Alvaro, o La Fuerza del Sino

リバス公爵
Duque de Rivas

稲本健二＝訳

現代企画室

ドン・アルバロ　あるいは　運命の力

リバス公爵

稲本健二＝訳

ロス・クラシコス5
企画・監修＝寺尾隆吉
協力＝セルバンテス文化センター（東京）

本書は、スペイン文化省書籍図書館総局の助成金を得て出版されるものです。

Don Alvaro, o La Fuerza del Sino
Duque de Rivas, Ángel de Saavedra

Traducido por INAMOTO Kenji

Instituto Cervantes
GOBIERNO DE ESPAÑA
MINISTERIO DE EDUCACIÓN, CULTURA Y DEPORTE
SECRETARÍA DE ESTADO DE CULTURA

目次

登場人物

ドン・アルバロ
カラトラーバ侯爵
ドン・カルロス・デ・バルガス　侯爵の息子
ドン・アルフォンソ・デ・バルガス　侯爵の息子
ドニャ・レオノール　侯爵の娘
クーラ　召使い
プレシオシーリャ　ジプシー娘
某参事会員
ロス・アンヘレス修道院の管区長神父
メリトン修道士　同修道院の門衛
ペドラサおよび他の将校たち
軍の外科医
連隊の主任司祭
村長
学生
伊達男
旅籠の主人
旅籠の女将
旅籠の女中
トラブーコ小父　荷車引き
パコ小父　水売り
プレボステ大将
軍曹
馬に乗って登場する従卒
セビーリャの住人二人
スペイン軍の兵士、荷車引き、土地の住人である男女

服装は前世紀〔十八世紀〕中頃に使用されていたもの

第一幕

第一場

舞台はセビーリャとその近郊

舞台上にはトリアーナ川沿いに昔からある船の桟橋への入口が見え、扉は実際に開閉可能で舞台上手に配置されている。同じ上手の舞台前方には飲み物売り場となる板葺きに帆布で作ったバラック小屋があり、看板には「トマーレスの水」と書かれている。その店の奥にカウンターがあり、大きな水瓶四つ、植木鉢数点、グラス数点、ブリキ製のコーヒーポットを乗せた携帯用コンロ、カルメラ菓子を入れた盆などが置いてある。店前には松の木でできた長椅子数脚が置かれている。舞台奥には、トリアーナ町の郊外、背の高い糸杉があるロス・レメディオス修道院の畑、川とそこに浮かぶ三角旗と標識旗をなびかせた船などが遠くに見える。舞台下手には遠景として並木道が見えている。セビーリャの住人が数名、舞台上をあちらこちらへと行き交う。空は七月の午後、夕暮れ時を示しており、幕があがるとパコ小父が腕まくりしてカウンターの奥に登場する。将校が立ったままグラス一杯の水を飲んでいる。プレシオシーリャがその側でギターの音を合わせている。伊達男とセビーリャの住人二人が長椅子に座っている。

将校　さあ、プレシオシーリャ、ロンダ節〔スペイン・アンダルシア地方南部の町ロンダに伝わる民謡〕を歌ってくれ。早く、早く、もう音は合ってるよ。

プレシオシーリャ　お兄さん、そんなに焦らないでおくれよ。先に手を見せてくれたら、運命を占ってあげるからさ。

将校　やめろ、女の甘い言葉は嫌いなんだ。俺の身にこれから起きることを、たとえ本当に言い当てることができても、俺は聞きたくないね……　大体がな、知らない方がいいんだ。

伊達男　（立ち上がって）じゃあ、俺がこの姉ちゃんに占ってもらうよ。これが俺の手だ。

プレシオシーリャ　そんな汚いものは引っ込めな……　いやだね、見たくもないし、目の大きなあの小娘に焼き餅焼かれたら大変だからね。

伊達男　（座って）お前になんか焼き餅焼くかよ、お生憎様！

プレシオシーリャ　あら、お兄さん、いらいらしないでよ。それより何かご馳走してちょうだい。

伊達男　パコ小父、こいつに水一杯くれてやんな、俺のおごりだ。

プレシオシーリャ　カルメラ菓子はダメ？

将校　いいよ。喉を潤して、口の調子を整えたら、セビリャーナ〔スペイン・アンダルシア地方の首都セビーリャの民俗舞踊・音楽〕を歌ってくれよ。（水売りがカルメラ菓子を添えて一杯の水をプレシオシーリャに出すと、将校が伊達男の側に座る。）

住人一　やあ！　参事会員さんが来た。

第二場

参事会員　こんにちは、皆さん。

住民二　今日の午後はお目にかかる光栄に恵まれないかと心配してたんですよ、参事会員さん。

参事会員　（座って、汗をぬぐいながら）セビーリャに住んでいて、良き趣味をお持ちの方なら、夏は毎日、午後にトマーレスの美味しい水を飲みにやってこない人はいませんよ。こんなにも透き通っていて清潔な水をパコ小父が出してくれるのですからね。それにしばらくトリアーナ橋を眺めるのも止められませんな。世界一ですからな。

住民一　もう日が暮れかけているし……

参事会員　パコ小父、冷たいのを一杯。

パコ小父　旦那さん、ひどい汗ですね。ちょっくら休んだら、おつまみを出しますんで。

伊達男　この方にはぬるい水の方がいい。

参事会員　いや、とても暑いんでな。

伊達男　俺はぬるい方を飲んだんだが、胸が楽になったし、ボルニセリーア地区であげるロザリオの祈りの準備ができたよ。今夜は俺の番なんだ。

将校　胸を楽にするなら、焼酎の方がいいぞ。

伊達男　焼酎は連祷をあげた後で、胸の騒ぎを静めるのにいいんだ。

将校　俺は訓練の指示を出す前と後に飲むがな。

プレシオシーリャ　（ギターをつま弾いていたが、伊達男に向かって言う。）ねえ、あんた、気前のいいお兄さん、今夜あの人のバルコニーの前で連祷をあげるんじゃないのかい？

参事会員　聖なるものはしかるべき扱いをしなさい。本当にな。で、昨日の闘牛はどうでしたかな？

伊達男　ウトレラ産の二色ブチ模様の牛がろくでなしでね、つきまとって離れないんだ……しつこかった。

住民一　あんたが嫌っていたのは見抜けたよ。

伊達男　なあ、お前さん、やめとくれ、俺はビビリやすいんだ……　このケープ〔闘牛に使うマント〕を見てくれよ。（大きなかぎ裂きを見せる。）角で同じところを二度もやられたので分かるだろ。

住民二　この前の闘牛ほどじゃあなかったぜ。

プレシオシーリャ　ドン・アルバロが出てなかったんだから仕方ないよ。あの人は馬に乗っても、立っていても、スペインで最高の闘牛士だからさ。

伊達男　本当にね、あいつは男だよ、牛には厳しいし、常に前に出る。

プレシオシーリャ　それにすごくいい男。

住民一　どうして昨日は闘牛場に姿を見せなかったんだろう？

将校　恋の不幸な結末に泣き通すのに忙しかったんだよ。

伊達男　じゃあ、侯爵様の娘さんは彼をふったのかい？……

将校　違う。レオノール様が彼をふったんじゃなくて、侯爵様が反対したんだ。

住民二　何だって？……

住民一　いいかい、カラトラーバ侯爵様は誇り高くて、見栄っ張りだから、風来坊が娘の婿になるなんて許せなかったんだよ。

将校　あの方は誰だったら認めるんだよ、娘の結婚相手に。貴族証明書の羊皮紙はたくさんあっても、娘さんは腹が減って死にそうなんだぜ。すごい金持ちの男で、物腰も貴族でございと触れ歩いているような奴がいいのかね？

プレシオシーリャ　セビーリャの殿方は高慢ちきで貧乏ったれ、みんな同じだよ！　ドン・アルバロは皇帝の奥方様の夫でも相応しいわよ……　何てりりしいの！……　すごく真面目で気前がいいのよ！……　この前もね、手相を占ってやったら、まあ、手相が偽らなければ、確かに彼を待ち構えている運命は良くないんだけどね、真昼の太陽のような金貨、一オンス金貨をくれたのよ。

パコ小父　ここに何か飲みに来る度に、双柱模様の一ペセタ〔アメリカで鋳造された、ヘラクレスの双柱の間に王家の紋章が刻まれた硬貨〕をカウンターに置いてくれるんだ。

伊達男　勇敢なことはもちろんだ！　古い並木道であの夜にセビーリャきっての強い七人の男が彼の前に現れたんだけど、相手にしたら全員を訓練場の塀のところまで追い詰めたんだよ。

将校　歩兵隊長を相手にした決闘では、貴族のような振る舞いだった。

プレシオシーリャ　カラトラーバ侯爵はさもしい爺だからさ、財布の紐が固いのか、ただ無駄遣いしたくないだけで……

将校　ドン・アルバロがすべきだったのは棒でうんと叩いてやって……

参事会員　まあ、まあ、軍人さん。親は自分の娘を都合のいい男と結婚させる権利を持っているんだよ。

将校　なら、どうしてドン・アルバロは都合が悪いんですか？　セビーリャ生まれじゃないからですか？……　セビーリャ以外で生まれた貴族もいますよ。

参事会員　セビーリャ以外で生まれた貴族もいる、確かにその通り。しかし……　ドン・アルバロは貴族かな？……　我々が知っているのはただ、インディアスから二ヵ月前にやって来たということだけだ。二人の黒人を連れて、大金を持ってきた……　しかし、素性は？

住民一　彼についてはいろいろと噂が広まってますが……

住民二　とても謎の多い存在です。

パコ小父　先日の午後もここにいた数人の人が同じことを話してましたよ。で、その内の一人が言ったのは、ドン・アルバロとかいう者は海賊で一財産築いたって……

伊達男　何と！

パコ小父　ドン・アルバロはスペインの大貴族とモーロ人の女王との間にできた私生児だとも言ってましたね……

将校　とんでもないデタラメだ！

パコ小父　後ですぐに否定してましたが、ただ……　何と言うのか分かりませんが……　フィンカ……　ブリンカだったかな……　そんな名前の……　確かね……　海の向こうではすごく大きな国だそうです。

将校　インカのことかな？

パコ小父　そうです、それ。インカ……　インカです……

参事会員　口を慎みなさい、パコ小父。愚かな言動はやめなさい。

パコ小父　何も言ってませんよ、それ以上の細かいことにも首を突っ込んではいません。あっしにとっちゃ、この世は因果応報、良きキリスト教徒であって慈悲深ければ……

プレシオシーリャ　それに気前が良くって男前ならね。

将校　カラトラーバ侯爵というケチな年寄りは娘の結婚では失敗したね。

参事会員　軍人さん、侯爵様は失敗などしていません。ことはあまりにも単純です。ドン・アルバロは二ヵ月前にやって来て、誰も彼の素性を知らない。結婚相手にレオノール様を所望したが、侯爵は娘には良い伴侶だと判断せずに、申し出を断った。若い娘はぞっこんで惚れ込んでいたように思われるので、父親は田舎のアルハラーフェに持っている館へ連れて行って、忘れさせようとした。こうしたことすべてにおいて、侯爵様は思慮深い父親として振る舞われています。

将校　で、ドン・アルバロはこれからどうするんだろう？

参事会員　はっきり言ってしまうと、他の恋人を探すべきですな。と言うのは、もし途方もない野望を捨てないならば、侯爵様のご子息、一人は大学生でもう一人は連隊の士官、この二人が復讐に燃えて、彼の頭からレオノール様への愛を取り除こうとする事態に晒されることになるからです。

将校　俺はドン・アルバロの味方だぜ、まだ彼とは面と向かってしゃべったことはないけどな。しかし侯爵の長男、ドン・カルロスとの一戦に燃えるのを見るのは残念に思うだろうね。先月バルセローナで彼と会って、既に経験している決闘の中から最近の二つの話を聞いたが、ドン・アルバロも気合いを入れないと危ないな。

参事会員　スペイン近衛兵の中でも最も勇敢な士官の一人ですぞ。そこでは名誉をかけた決闘で冗談は通じません。

住民一　侯爵様のご次男、ドン・アルフォンソ様も見劣りしませんよ。従兄弟がサラマンカから着いたところですが、彼が言うには大学の頭目で、学生と言うよりは剣客、貧乏学生を取りまとめているそうですよ。

伊達男　で、レオノール様はいつからセビーリャにいないんだ？

将校　四日前に父君が別荘へ連れて行ってしまったんだが、夜の間中、屋敷を地獄のようにしてから、朝の五時に出発した。

プレシオシーリャ　かわいそうな娘だね！……　可愛くって、愛嬌もあるけどねえ！……悪運が待ち構えているね……　生まれたばかりの時に、うちの母親が手相を見たんだけど、あの娘の名前が出る度に涙を流してる……　だってさあ、気前のいいドン・アルバロが……

住民一　噂をすれば影がさす……　あそこにドン・アルバロが来たぞ。

第三場

夜の帳が降り始め、舞台が徐々に暗くなっていく。ドン・アルバロは絹のマントで顔を隠し、白い大きなつば広帽子、ゲートルに拍車という出で立ちで登場。ゆっくりと舞台を横切り、威厳と憂いをたたえてあちこちに視線を投げ、橋を渡って退場。全員が彼をまったくの沈黙をもって眺めている。

第四場

伊達男　今時分にどこへ行くんだろう?

参事会員　涼風を求めてアルトサーノ広場へ行くだけさ。

パコ小父　神が一緒に付いて行かれますように。

将校　侯爵様の別荘があるアルハラーフェへ何のために行くんだ?

パコ小父　知らんよ。しかしなあ、あっしはいつもここにいるからね、昼も夜も、この橋を通る人全員を見張っている番兵のようなもんだ……　三日前のことだが、白昼に黒人が一人、馬車馬二頭を連れてここからあちらへ橋を渡り、今時分にドン・アルバロが渡る。そして朝の五時にこちらへ向かって再び渡るがいつも徒歩で、半時間後には例の黒人が同じ馬車馬を連れて渡るんだが、馬は埃と汗まみれなんだ。

参事会員　何となな?……　何を語っているんじゃ、パコ小父?……

パコ小父　いいえ、何も。見たまでのことで。今日の午後はもう既に黒人が渡りましたが、今日は二頭の馬ではなくて三頭でした。

住民一　今時分に橋を渡ってあちらへ行くとは、俺が午後にドン・アルバロの姿を見るのは三日連続だ。

伊達男　で、俺が見たのは昨日だ、トゥリアーナ桟橋の入口で、馬を連れた黒人を見た。

住民二　で、昨夜、俺がサン・ファン・デ・アルファラーチェから帰って来る時に、オリーブ畑で立ち止まって、馬の腹帯を締めたんだが、俺の側を俺には目もくれずに全速力で通ったんだよ、ドン・アルバロが。悪魔に魂を奪われたかのようだった。後から黒人が通った。小型の葦毛の雌馬であの二人だと分かったんだ、はっきりと覚えているよ……　蹄鉄が当たる度に火花が散ってた！……

参事会員　（立ち上がって、傍白）やれ、やれ！……　侯爵様に伝えねばならぬ。

将校　俺としてはさあ、娘が自分の恋人と夜を明かして、爺にはあご髭でも剃らせていたらうれしいんだけどね。

参事会員　お休みなさい、皆さん。帰りますよ、もう遅くなり始めてますからな。（離れていきながら、傍白）ドン・アルバロが別荘の辺りをうろついていると、侯爵様に今すぐお伝えしなくては友情に背くことになるじゃろう。おそらく不幸なことにはならぬだろう。

第五場

舞台上は紋織物が掛かった室内。室内には家族の肖像画、家系の紋章、十八世紀風だが、どれもこれも壊れかかっている家財道具がある。バルコニーが二つ、一つは閉まっているが、もう一つは開いていて、開閉可能になっている。そこから澄んだ空、空を照らす月、森の木々の先端が見える。舞台中央にテーブルが置かれていて、紋織物のテーブルセンター、その上にギター、花を生けた中国趣味のグラス、銀の燭台に火の付いたロウソクがあり、これが舞台を照らす唯一の灯りとなっている。テーブルの側に肘掛け椅子がある。舞台下手からカラトラーバ侯爵が携帯燭台を手にして登場。後を追ってドニャ・レオノールが登場し、召使いは舞台上手から登場。

侯爵（娘を抱きしめて、キスをしながら）お休み、我が娘よ。天がお前を聖女にしてくださるように。ではな、我が愛、我が慰め、我が希望、我が楽しみよ。お父様は格好が悪いなんて言ってはいかんぞ。ここまで毎晩お前の顔を見ることがなかったら、気も休まらなかったよ……このバルコニーが開いておる。（閉める。）夜気が入ってくるからな……レオノール……我が愛娘は何もわしに言ってくれぬのか？どうしてそんなにふさぎ込んでおるのじゃ？

ドニャ・レオノール　（打ちひしがれて当惑したまま）お休みなさい、お父様。

侯爵　クリスマスまでには町の方へ行こう、寒い季節が始まるからな。その頃までには大学生を連れてこよう、それに将軍もな。その二人は許可が与えられるようにするからな。二人の兄を抱きしめるのに気持ちははやらぬか？

ドニャ・レオノール　もちろんですわ！　願ってもないことです。

侯爵　二人は許可が取れるだろう。双方が自由裁量権を持っておる、それが身分保障という条件だからな。カルロスはバルセローナから、アルフォンソはサラマンカから、お前に豪華な贈り物を持ってくるだろう。ぐずぐずせずに、お前から二人に手紙を書くのじゃ。そしてセビーリャに無いようなものをおねだりすれば、ちゃんと持ってきてくれるだろう。

ドニャ・レオノール　お兄様たちの洗練されたご趣味にお任せする方がいいと思います。

侯爵　確かにいい趣味は余りあるほどじゃ。好きにしなさい、レオノール。

クーラ　お嬢様、もし私に白紙委任状をくださいましたら、カルロス様にはフランス産の可愛いドレスをお願いするでしょう。まだ学生でいらっしゃる方にはブローチの付いたダイヤモンドのネックレスをおねだりしますわ。マドリードでは素敵に映るでしょう。

侯爵　何でも望みのものをな、我が娘よ。お前は父にとって敬いたくなるほどの娘だということを忘れるなよ……　わしを好いとらんのか？（抱きしめて、優しくキスをする。）

ドニャ・レオノール（悲嘆に暮れて）お父様！……　主よ！……

侯爵　わしの魂の証であるお前に喜びが戻るように、お前の父親であるわしは、いつもお前の幸せだけを夢見ていると思え……　落ち着きを取り戻すんだよ。本当に、ここへ来てからは、わしはお前のことを安心して見ている。田舎暮らしでお前の胸に平穏が戻ってきたからな。お前はわしを喜ばせてくれている、そうとも、それもすごくだ、愛しい娘よ。嫌なことはもうすべて忘れてしもうたわい。お前は従順な娘で、わしはお前にいい縁談を世話することに精を出そう。ああ、我が命よ……　誰がお前に相応しい婿を探せるものか、この優しい父だけじゃ。お前のことで有頂天になっているのじゃ。

ドニャ・レオノール（心をひどく痛めながら、父親の腕の中に身を投げて）愛しいお父様！……　私のお父様！

侯爵　もうよい、もうよい……　どうして動揺しておる？（心から優しさを込めて）わしはお前が愛しい、レオノールよ。泣くんじゃない……　うわ言ばかり言っておるぞ！

ドニャ・レオノール　お父様！……　お父様……

侯爵（頭を優しく撫でながら、両手をほどいて）ではな、我が幸せよ、休むのだ、そして泣くのはおやめ。愛情深いお前の崇高な表現を天が祝福してくださるように、アーメン。

侯爵が退場して、レオノールは打ちひしがれたまま、肘掛け椅子に座って泣いている。

第六場

クーラが侯爵の後を追い、侯爵が出て行った後、扉を閉めてレオノールの近くへ戻る。

クーラ　神様に感謝ですわ！……　もうどうなることかと心配しましたよ。ご主人様が朝までここに居座るんじゃないかってね、バルコニーを閉める早業ときたらもう！……　鳩舎のバルコニーから二人で飛び立つのよって心で言ってやりましたわ。開けるのがまず先でしょうね。（開ける。）さあ、次はトランクを閉めることです。鍵穴からもう出てきそうですわ。（クーラはトランク数点と衣装を引き出して、すべてを整えるが、レオノールはそのことを気にも留めない。）

ドニャ・レオノール　不幸な私！……　神様！　愛情深いお父様が、こんなにも私のことを考えて、こんなにも慈しんでくださる方が、どうして頑なに反対なさるのか。（傍白）ああ！　魂が二つに引き裂かれる！……）　私が明るくなって、自分を幸せだと認めることができるのに……　こんなにも私を愛してくださる方がどうしてこんなにも残酷になれるのかしら？　私の運命も、もしお母様さえ生きていてくれれば、もっと良くなっているでしょうに。

クーラ　もし奥様が生きていらっしゃればですって？……　お嬢様は戯言をおっしゃっています。奥様は殿方より見栄を張る方でしたのに。殿方なんてとどのつまりは天使のようなもの。でも奥様はね！……　才能も身分もお持ちでしたがね……　神のご加護がありますように。この土地の男性は皆同じです。もし女が自分に相応しい恋人を見つけたなら、家柄を証明する羊皮紙がなくても、羊皮紙の方を見捨てますよ……　充分な決心さえあれば、一体何だというのですか？……　しかし今は時間を無駄使いしないでおきましょう。お嬢様、お手をお貸しください、だって私一人ではちょっと……

ドニャ・レオノール　ああ、クーラ！　私の魂に土足で入ってくるなんて！……　この椅子から立ち上がる力もありません……　あなたを友達だと思っているのよ！　本当よ、疑わないわよね。まだ決心できないでいるの。できないわ……　できません。ああ！……　お父様！あの優しいお言葉。何でもしてくださるし、あの熱意、あのキスと抱擁、すべてが私の胸を突き刺す鋭い短剣でした。あと少しでも深く心をえぐっていたら、もう抵抗することはなかったでしょう……　足下にこの身を投げ出して、当惑し恐れながらも、隠していた計画を話して、ただ許しだけを願って、命を絶つつもりでした。

クーラ　こちらは当てが外れて、刃物沙汰だったでしょうね。明日、お嬢様は目が覚めると、理性で正気を保ってはいても、血が逆流するのを感じることでしょう、大胆で、恋のために身を落とした高貴なドン・アルバロに対して。それとも、あの方を罪人のように縛り上げて、このオリーブ畑の間を引きずって、セビーリャの監獄まで行くのでしょうか。あちらではクリスマスまでには多分、多分ね、絞首台にいることでしょう。

ドニャ・レオノール　ああ、クーラ！　魂が引き裂かれる。

クーラ　荷物はこれで全部です、お嬢様。あの不幸な男はお嬢様に会うという大きな災難に見舞われた訳ですからね。愚かにも恋に落ちて、好きになった人は釣り合わないだけでなく、この期に及んで決断もできない……

ドニャ・レオノール　やめて、クーラ。私の心をズタズタにしないでちょうだい。私があの方のお心に応えなかったというの？　お応えしたのは知っているはずよ……　彼のためなら、家も家族も、兄弟も父親も、捨てるつもりです、そして独りになって……

クーラ　独りではありません。私はお役に立ちますよ。それに召使いのアントニオもお伴しますし、どこへ行っても絶対にお嬢様を見捨てはしませんよ……　絶対に！

ドニャ・レオノール　明日はどうなるの？

クーラ　素晴らしい日になります。お嬢様は心から愛された奥様、この世で望まれる最高の尊敬すべき、裕福で颯爽とした貴族の奥様ですよ。そして私もアントニオの妻となります。ここから遠く離れた土地へご一緒に参りましょう……　何て素敵なの！

ドニャ・レオノール　で、年老いた優しいお父様はどうなるの？

クーラ　誰ですか？　ご主人様ですか？　少しは激怒されるでしょう。地団駄踏んで、ことの顛末を軍司令官様にお話しになるでしょう、髪の毛を振り乱して、手振り身振りを加えてね。代官様もうんざりされるでしょうね、村人も、参事会員様も食料調達人も、騎士養成学校の年寄りの先生方もね。あれこれと捜索願が出されるでしょうね。私たちを捜しても無駄なのに。その頃は私たちはフランデスにいて左うちわですよ。そこからお嬢様はお手紙を書くのです。お父様も徐々に怒りをお鎮めになるでしょう。そして九ヵ月経って、目元がそっくりな男の子が生まれたことをご存じなれば、もうお二人をお認めになるでしょう。私たちは誰も理解してくれない外国語をしゃべるようになって、ここへ戻ってくるのです。そうしたら、もうお祭り騒ぎで迎えられ、連日の宴会と舞踏会が続くでしょう。

ドニャ・レオノール　大切なお兄様たちは?

クーラ　やれ、やれ!……　寛大な義理の弟君としっかり抱き合って、おひとりは目にも艶やかな制服姿で妻となられたお嬢様の美しさに感心し、もうおひとりはくだらない本やごろつき連中を集めた野外パーティーをして、喜びを爆発させることでしょう。

ドニャ・レオノール　血も涙もない人ね。ひどいわ、何ということを考えているの!

クーラ　だって本当のことですもの。

ドニャ・レオノール　ああ、不幸な私!

クーラ　美男子中の美男子に恋い慕われるというのは確かに大きな不幸です。しかし、さあ、お嬢様、手伝ってください、もう遅いですから。

ドニャ・レオノール　ええ、遅いですね、まだドン・アルバロ様も来ないし……　ああ、今夜が存在しなければいいのに！……　本当に！……　お願い！……　彼がこの敷居を跨がなかったら、良かったのに……　まだ決心が充分ではない……　それが本心よ。こんな風にして家を離れるのがこんなにも辛い……　ああ、悲しいわ！（時計に目をやり落ち着かないまま）十二時になったわ……　遅いじゃない、クーラ！　いや、来ないのよ。オリーブ畑で誰か悪い人たちと出くわしたのかしら？　アルハラーフェにはいつも悪党たちがいるから……　で、アントニオは見張っているの？

クーラ　もちろんです、見張り番をしていますよ……

ドニャ・レオノール（ひどく驚いて）クーラ、今の音は何？……　聞こえましたか？

クーラ　馬の足音です。

ドニャ・レオノール（バルコニーまで駆け寄って）ああ、あの方だわ！……

クーラ　来ないなんてありえませんよ……

ドニャ・レオノール（ひどく悲嘆に暮れて）我が神よ！

クーラ　勇気を出して、いざ。

第七場

ドン・アルバロはコートを羽織らずに、短い裾が付いた胴着に袖が開いた短いチョッキ、ヘアネットを被り、膝までの七分ズボンをはいて、バルコニーから登場し、ドニャ・レオノールの両腕に抱かれる。

ドン・アルバロ　（激しさを込めて）我が魂の慰めとなる天使よ！……　聖なる天は我が計画に永遠の王冠を授けてくれるでしょうか？……　嬉しさで息が詰まりそうだ……　こうして抱き合っているのは生涯離れないためなのですね？……　あなたと離れて、あなたを失うなら、むしろ、むしろ死を与えてください。

ドニャ・レオノール　ドン・アルバロ様！

ドン・アルバロ　我が喜び、我が神、我がすべてよ。そのように動揺して困惑しているのはなぜですか？　あなたの恋人がこの瞬間に太陽よりも思い上がっているのを見て心を乱しているのですか？……　愛しい恵みよ！

ドニャ・レオノール　こんなに遅いんですもの……

ドン・アルバロ　来るのが遅くなったので怒っていたのですか？　遅くなったのは私のせいではありません、違いますよ、可愛い人。一時間以上も前から、胸を焦がして、この辺りでお目にかかる機会を待っていたのですが、我が悪運が意地悪をして我が希望を打ち壊すのではないかと心配でならなかったのです。でも、違った、我が喜び、我が栄光、我が慰めであるレオノールよ。聖なる天が我らの愛と幸運が永遠に続くようお守りくださり、恵み深くも道行きの安全を保証してくれています。時間を無駄にしないでおきましょう。準備はすべて整っていますか？　さあ、早く。

クーラ　はい、バルコニーの下では番人のアントニオがトランクを降ろすのを待っています。すぐに降ろします。（バルコニーの方へ行く。）

ドニャ・レオノール　クーラ、待って、止まりなさい……　ああ、神様！　これで、ドン・アルバロ様、いいのでしょうか？……

ドン・アルバロ　何ですって、我が愛しい人？……　どうして時間を無駄にするのか？　葦毛の子馬が、あなたが言う通りの色合いの子馬が、従順で元気だとあなたがいたく気に入った子馬が、鞍を背負って、あなたを待っています、我が愛しい人。クーラには薄茶色毛の馬が、私には赤毛のりりしくもどう猛な馬が……　おお、恋心と嬉しさで気が変になりそうだ！　サン・ファン・デ・アルファラーチェで極秘の内に手はずを整えておきました。司祭が祭壇の前で待っています。神が天井から私たちを祝福してくれるでしょう。太陽は私の君主の家系の庇護者であり、インディオの地では永遠の守護神であり、派手な玉座を飾る王の証たる意匠であり、光の君主、昼間の父だが、その太陽が東に現れる頃には、私はあなたの夫、あなたは私の妻となるでしょう。

ドニャ・レオノール　こんなに遅いんですもの……　ドン・アルバロ様！

ドン・アルバロ　（クーラに）さあ、何をぐずぐずしているのだ？　早く、やれ。バルコニーからトランクを、それから……

ドニャ・レオノール　（正気を失って）クーラ、クーラ、待って！　ドン・アルバロ様！

ドン・アルバロ　レオノール！

ドニャ・レオノール　明日に、お願いします、延期してください。
ドン・アルバロ　何ですって？
ドニャ・レオノール　その方がやりやすいかと……
ドン・アルバロ　（表情が険しくなって、当惑しながら）どうしたことか、何だ、レオノール？　この期に及んで心が定まらないのか？……　ああ、私は何と不運な奴か！
ドニャ・レオノール　ドン・アルバロ様！　ドン・アルバロ様！
ドン・アルバロ　愛しい人よ！
ドニャ・レオノール　ああ！　魂が引き裂かれます……
ドン・アルバロ　心がズタズタだ……　どこへ行った、どこへ、あなたの愛、あなたの固い誓いは？　この瞬間に決意が緩むとはあなたの言葉と矛盾している。そんな急に心変わりするとは……　あなたが別人に見える、レオノール。私の夢が叶うという希望をすべて風が運んでいってしまったのか？　そうだった、この最も晴れやかな日の夜が明ける時、俺は目が眩んだ。不死身な身体で出発すると思っていたが、俺はここから死体となって運ばれるだろう。人を騙す呪術師よ、不実にも私に見せてくれた素晴らしい人生のこれからをこうして壊すのか？

裏切り者！　永遠の玉座に登り詰めようとする俺が後で地獄へ落ちるのを見てうれしいのか？……　もうどうにでもなれ！……

ドニャ・レオノール　（彼の腕に身を投げて）いいえ、いいえ、愛しています。ドン・アルバロ様！……　私の幸せ！……　行きましょう、ええ、行きましょう。

ドン・アルバロ　おお、私のレオノール！

クーラ　急がねばなりません。

ドン・アルバロ　愛しい人、我が宝よ！（ドニャ・レオノールはぐったりとしてドン・アルバロの肩に身を預け、気絶している様子。）しかし、どうしたんだ？　ああ、何と！　手がこわばっている！死人の手のようだ……　顔も冷たい、凍えた墓石のように……

ドニャ・レオノール　ドン・アルバロ様！

ドン・アルバロ　レオノール！（間をおいて）俺には何でもできる力が有り余っている……　なのに不幸な男よ！　あなたを動揺させた心の動きは分かりますよ。レオノール、あなたに罪はない。いざというときに弱気を見せたことで、神はもはや、予定通りに進めることもあなたが私の妻となることもお許しにはならないだろう。あなたの約束も誓いも聞かなかったことにします。二人にとって結婚式の松明が死の斧になるのでしょう……　あなたは私が愛しているようには私を愛していないのなら……　もし後悔しているのなら……
ドニャ・レオノール　私の愛しい夫であるあなた、魂と命とともに私はあなたのものです。私の幸せは広い世界のどこまでもあなたに付いていくことにあると思っています。行きましょう。決心しました。心を定めました。私たちを引き離せるのは死だけでしょう。（二人がバルコニー向かうと突然、物音と怒鳴る声、扉を開け閉めする音が聞こえる。）
ドニャ・レオノール　何てこと！　この物音は何？　ドン・アルバロ様！
クーラ　中庭の扉が開いたようです……　そして階段の扉も……
ドニャ・レオノール　お父様の具合でも悪くなったのかしら？……
クーラ　何と！　いいえ、お嬢様。物音は違うところからしました。
ドニャ・レオノール　お兄様たちのどちらかが来られたのかしら？
ドン・アルバロ　さあ、さあ、レオノール。もう一瞬たりとも無駄にはできません。（再びバルコニーへ向かうと突然、風に煽られて松明の輝きがバルコニー側に見え、早足の馬の足音が聞こえる。）
ドニャ・レオノール　もうダメです！　見つかってしまいました……　逃げるのは不可能です。

ドン・アルバロ　どんな時にも必要なのが冷静さだ。

クーラ　ロザリオの聖母と祝福された霊魂よ、助け給え！……　可哀相な私のアントニオはどうなったかしら？（バルコニーから顔を下を見て、大声を出す。）アントニオ！　アントニオ！

ドン・アルバロ　静かにしろ、愚か者！　こちらに注意を向けさせるな。バルコニーの扉を閉めろ。

ドニャ・レオノール　ああ、不幸な私！　ドン・アルバロ様、お隠れになって……　こちらです……　私の寝室に……

ドン・アルバロ　（きっぱりと）いや、私は隠れない……　窮地にあっても私はあなたを見捨てない。（ピストルの準備をする。）あなたを守り、命を救うことこそ我がすべきこと。

ドニャ・レオノール　（非常に驚いて）何をしようとお考えですか？　ああ！　血が凍るようなそのピストルを戻してください……　お願いです、手から放して！……　私の大切なお父様に向けて撃つつもりですか？……　私のお兄様のどちらかに向けて撃つのですか？……　この館の昔から仕えてくれている忠実な召使いたちを殺すのですか？……

ドン・アルバロ　（深く当惑して）いや、いや、我が愛する人よ……　私の不幸な人生に終止符を打つために使うのです。

ドニャ・レオノール ああ怖い！　ドン・アルバロ様！

第八場

何度か扉を叩く音がしてから、激しい音と共に扉が開いて、部屋着姿でナイトキャップを被った侯爵が手に礼装用の短剣を持って登場し、後を追って灯りを持った年配の召使いが二人登場する。

侯爵 （激怒して）卑しい女たらしめが！……　不名誉な娘よ！

ドニャ・レオノール （父親の足下にひれ伏して）お父様！　お父様！

侯爵 わしはお前の父親ではない……　離れろ……　そこの奴、卑しいよそ者め！……

ドン・アルバロ あなたの娘さんは無実です……　悪いのは私です……　その剣で私の胸を刺してください。（片膝をつく。）

侯爵　希うその態度が家柄の低さを教えてくれるわい……

ドン・アルバロ　（立ち上がって）侯爵殿！……　侯爵殿！……

侯爵　（娘に）退け、呪われた女め。（腕をつかんで放さないクーラに）こら、下賤な女、畏れ多くもご主人様の身体に触れるのか？（召使いたちに）おい、その卑しい奴にかかれ、捕まえて、縄を掛けろ……

ドン・アルバロ　（威厳を持って）俺への尊敬を忘れた者こそ不運なものだ。（ピストルを取り出して撃鉄をあげる。）

ドニャ・レオノール　（走ってドン・アルバロの方へ）ドン・アルバロ様！……　何をなさるおつもりですか？

侯爵　すぐに奴を取り押さえろ。

ドン・アルバロ　召使いども、動けば撃つぞ！　侯爵殿だけだ、俺の胸を刺す権利があるのはな。

侯爵　お前が貴族の手で殺してもらえるとでも？　バカなことを。お前は死刑執行人の手で死ぬのだ。

ドン・アルバロ　カラトラーバ侯爵殿！　しかし、ああ！　ダメだ。侯爵殿がすべての権利をお持ちだ……　あなたの娘さんは無実です……　神の玉座の周りを飛ぶ天使たちの呼気と同じくらいきれいです……　このような時刻に私がここにいる原因を娘さんが作ったと疑うなら、その疑いは経帷子のごとくに我が死体を包むためにお使いください……　そうです、私は死ぬべきなのです……　しかしあなたの手でお願いします。（片膝をつく。）諦めて一刺しを待ち受けます。抵抗はしません。もう私は武器を捨てます。（ピストルを投げて手から放すと、床に落ちた瞬間にピストルが暴発して侯爵を傷つける。侯爵は瀕死の状態で娘と召使いの腕の中へ倒れ込み、悲鳴をあげる。）

侯爵　わしは死ぬ……　ああ、わしはもうダメだ！……

ドン・アルバロ　何ということだ！　忌まわしい武器め！　ひどい夜だ！

ドニャ・レオノール　お父様、お父様！

侯爵　離れろ。ここからわしを連れ出せ……　この不名誉な女がその名でわしを汚さぬところへ……

ドニャ・レオノール　お父様！……

侯爵　わしはお前を呪うぞ！

レオノールはドン・アルバロの腕の中に倒れ、ドン・アルバロは彼女をバルコニーの方へ引きずっていく。

第二幕

第一場

舞台はオルナチュエロス村〔コルドバ県にある小邑〕とその周辺

場面は夜で、舞台上はオルナチュエロス村のある旅籠の台所。正面に煙突へつながる暖炉。下手に出入り口の扉。上手に実際に開閉できる扉二つ。一方に松の木でできた長テーブルがあり、周りに粗末な椅子、全体を大きな灯油ランプが照らしている。旅籠の主人と村長が暖炉の火に当たりながら真面目な顔をして座っている。テーブルのそばに学生がギターを弾きながら歌い、舞台の奥で台詞がある方の荷車引きが大麦をふるいにかけている。トラブーコ小父は馬具を枕にして舞台手前に寝そべっている。土地の男二人、土地の女二人、女中と同じく台詞のある荷車引きの一人がセギディーリャ〔軽快な三拍子のスペインの音楽および舞踏〕を踊っている。残った荷車引きには台詞はないが、黙って学生のそばに座っていて、踊っている者に手で拍子を取っている。テーブルの上にはワインが入った革袋、グラス数点と焼酎が入ったフラスコが置いてある。

学生　（ギターに合わせて野太い声で歌い、三組のカップルが歓声をあげて踊っている。）

　学生さんは
大事にするんだよ
用心深いが
情けも深いから
　オルナチュエロス万歳
若い娘さんの
黒い目も万歳
　兵隊さんは
悪人だから相手にするな
殴りもするが
刃も向けるから
　オルナチュエロス万歳

若い娘さんの
黒い目も万歳
旅籠の女将　（フライパンをテーブルに置いて）さあ、早く、冷めちまうよ……（女中に）ペパ、早く。
荷車引き　（大麦をふるいにかけている者に）もう一杯。
学生　（ギターを置いて）ここまで。何はともあれ、晩飯だ。
旅籠の女将　後でまだ踊って騒ぎたいなら、中庭か通りに出ておくれ。月が昼間のように明るいからね。そうして旅籠を静かにしておくれ。バカ騒ぎしたい者もいれば、眠りたい者もいるからね。ペパ、ペパ……　うろちょろするなと言っただろ。
トラブーコ　（馬具の上に横たわったまま）コラーサ小母さん、あんたの言う通り。俺はな、独りで眠りたいんだ。
旅籠の主人　ああ、もううるさいのはご免だ。晩飯を食おう。村長さん、あんたに食前の祈りをお願いするから、一口食っていってくだせえ。
村長　ありがたい、モニポディオ君。
旅籠の女将　じゃあ食卓についとくれ。

村長　学士様が食前の祈りを唱えておくれ。

学生　ただいま、でも長々とはしませんよ。この鱈がいい匂いしてるからさ。「チチトコトセイレイノミナニオイテ」

全員　アーメン。（トラブーコを除いて、皆がテーブルについて食事を取る。）

旅籠の女将　多分トマトは充分に火が通ってないし、米もちょっと硬いだろうね……　でもこんなにうるさくっちゃ何もできやしない。

荷車引き　「食べて、食べて」って言ってるよ。

学生　（がつがつ食べながら）絶妙だ……　格別。神様のご馳走のようだ……

旅籠の女将　止めとくれ、学生さん。だけどあのアンブロシアという女には負けないよ、料理も靴を脱がせるのもね。絶対にだよ。

荷車引き　アンブロシアはクモの巣より汚ねえよ。

旅籠の主人　アンブロシアはクズだ。ハエたたきの布巾のようだ。自分の旅籠に入るのに三段腹で四苦八苦、なのにうちのコラーサと比べるなんて尋常じゃないぜ。

学生　知っているよ、コラーサさんの方がきれい好きだってことはさ、だから言わなかったんだ。

村長　オルナチュエロス広しと言えども、コラーサさんより清楚な人もモニポディオさんの旅籠のような所はないよ。

旅籠の女将　だからさ、この村で結婚式があれば、その時の料理はすべてあたしの手で作るんだよ、土地の人が食べるんだからね。偉い人の結婚式は、学生さん、あんたには分からんだろうね……　代書屋が市会議員の娘と結婚した時はね……

学生　じゃあな、コラーサさんにはこう言うよ、「ソナタハワレニカミガミノセキニツカセテクレタ」ってな。

旅籠の女将　ラテン語はできないけど、料理はできるよ……　村長さん、スープにも手をつけておくんなさいまし……

村長　いただきますよ、失礼にならないように、ガスパチョ〔スペインの冷製野菜スープ〕を一匙でも。残っていたらね。

旅籠の主人　もちろん残ってますよ。

旅籠の女将　あたしが居るところで食べるものがないなんてことはあったかい？　ペパ！（女中に）早く持って来な。井戸の縁石の上にあるからね、昼下がりから風に当ててあるんだ。（女中退場。）

学生　（横になっている荷車引きに）トラブーコさん、なあ、小父さん！　何か話をしに来たんじゃないのかい？

トラブーコ　晩飯はいらん。

学生　断食でもしてるのかい？

トラブーコ　ああ、その通り、金曜日だからね。

旅籠の主人　でも一口くらい……

トラブーコ　じゃあ。（旅籠の主人は手を伸ばして革袋を取って渡し、トラブーコは一口飲む。）ふう！　澱ものが口に入った。手を伸ばして、モニポディオさん、焼酎のフラスコを取ってくれ、口をすすぐから。（口に含んでから丸まって寝る。）

女中　（ガスパチョを入れた大壺を持って登場）さあ美味しいものが来たよ。

全員　こっち、こっち。

学生　どうもね、村長さん、今夜はオルナチュエロスによそ者がたくさんいるように思うけど。

荷車引き　三軒の旅籠が満員だよ。

村長　聖年に当たるからじゃよ。聖フランシスコ・デ・ロス・アンヘレスの修道院がここからわずか半レグア〔距離の単位。一レグアは約五・五キロメートル〕の人里離れたところにあるが、有名だし……　たくさんの人々が管区長神父に告解しに来るんじゃ、神の僕のような方じゃからな。

旅籠の女将　聖人のような方だよ。

旅籠の主人　（革袋を手にとって立ち上がる。）イエス様、良き隣人に乾杯、そして神様がこの世では健康とお金を、あの世では栄光をくださいますように。（飲む。）

全員　アーメン。（手から手へ革袋から回し飲みする。）

学生　（飲んだ後で）トラブーコさん、小父さん、今頃は天使と戯れてるかい？

トラブーコ　忌々しい蚤とあんたの声があれば、誰でも悪魔と戯れるしかないぜ。

学生　教えて欲しいんだが、小父さん、あんたと一緒に来た弱々しい奴は俺たちを避けて隠れているが、聖年だからここへ来たのかい？

トラブーコ　俺は一緒に旅をする客が何のために行き来するのか、まったく分からん。

学生　しかし……　雄々しい雄鳥か臆病者の雌鳥、どっちだ？

トラブーコ　俺はな、客人のことでは、金しか見ないから、雌でも雄でもないさ。

学生　いや違う、雄雌はどちらでもいい、言わば両性具有……　しかし見たところ、あんたは無口だな、小父さん。

トラブーコ　必要ではないことに唾液は使わないんでな。じゃあ、おやすみ、舌がもつれてきたわい、このまま眠ることにしたいんで、ムニャムニャ。

学生　じゃあな、小父さん、トラブーコさんには悪戯しないよ。今度はあんたに聞くよ、女将さん、（旅籠の女将に向かって）あの貴族ったれはどうして晩飯食いに来なかったんだ？

旅籠の女将　知らないよ。

学生　でも、一体全体、女なのか男なのか？

旅籠の女将　どっちでもいいじゃないか、確かなことはね、あたしは顔を見たけど、どんなに隠そうとしたって、ラバから降りる時、太陽のように輝くものを持っていたし、目つきが違うよ、泣いたって疲れてたって、同情を誘ってたよ。

学生　ほう！

旅籠の女将　そうですとも。部屋に入るとすぐに背を向けて、ロス・アンヘレス修道院まで行くにはここからどれくらいあるのかって聞くんで、教えてやったのさ、窓から指さして、かなり近いから、あそこにちらっと見えますよ、とかね……
学生　そらみろ、じゃあ、聖年めがけてやって来た罪人ってところだな！
旅籠の女将　知らないよ。すぐに横になって、つまり、服を着たままベッドに入ったし、まあその前にグラス一杯の水に酢を数滴落として飲んだけどね。
学生　なるほど。身体を冷やすためにだな。
旅籠の女将　そしてあたしに言ったのは、灯りも要らないし、晩ご飯も何も要らない、で小声でロザリオの祈りを唱えていたようだった。あたしにはどうも品格がありそうに思えたね……
旅籠の主人　よくしゃべるなあ……　どこに客のことを蔭でしゃべりまくる奴がいるものか？……　お前の舌こそ呪われろ！
旅籠の女将　学士様から聞かれたからだよ……
学生　そうですよ、コラーサさん。教えてください……
旅籠の主人　（自分の妻に）しっ！
学生　じゃあ、女将、トラブーコ小父さんに聞こう。トラブーコさん、小父さん！（彼に近づいて、目を覚まさせる。）

トラブーコ　悪人め！……　そっとしておいてくれないか？
学生　さあ、言っとくれよ。あの人はさあ、ラバに乗ってた時、女座りだったかい、それとも跨ってたかい？
トラブーコ　ああ、何て奴だ！……　頭から乗ってたよ。
学生　で、これはどうだった、今朝どこから出発したのか、セビーリャのポサーダ、それともコルドバのパルマかい？
トラブーコ　俺が知ってるのは、遅かれ早かれ俺が天国へ行くことだけだ。
学生　どうして？
トラブーコ　だってね、あんたが今俺を煉獄に追いやってるからさ。
学生　（笑って）はっはっはっ！……　で、あんたは次はエストレマドゥーラへ行くのかい？
トラブーコ　（起きて、馬具を片付け、とても怒ったまま馬具を持って移動しながら）いや、旦那、馬小屋さ、あんたから逃げて、俺のラバと一緒に寝るためにな。あいつらはラテン語も知らないし、学士さんでもないからね。
学生　（笑って）はっはっはっ！　怒ってる。おい、ペパ、別嬪さんよ！　あんたは部屋に隠れている客を見たことはないのか？

女中　背中だけ。

学生　どの部屋にいるんだ？

女中　（右側の扉を指しながら）あそこ……

学生　じゃあ、髭も生えてなかったから、煤で口ひげでも描いてやろうか……　明日の朝、起きた時に皆で笑ってやろうじゃないか。（指先に煤を付けて部屋へ向かう。）

数人　やれ……　やれ。

旅籠の主人　ダメだ、ダメだ。

村長　（威厳を持って）学生さん、わしが許しませんよ。わしはこの村へやって来る見知らぬ人を守って、村人と同じように正義を保証するのが仕事ですからね。

学生　道義にもとるようなことは言ってないよ、村長さん。

村長　わしが言ってるんだ。それに学士さんがどこの誰であって、どこから来てどこへ行くのかを知るのも悪くないだろうね、どこか軽率なところがあるように見えるからな。

学生　冗談か本気か知らないけど、警察が尋ねてきたら、答えるのにやぶさかではないですよ、ここではキレイな仕事しかしてないからね。僕は学生のペレーダと申します。サラマンカで「ヒトツダケデナク」〔民法と教会法を両方の意味〕学び、八年前から受講し続け、貧しくはありますが、高潔であり、名声もなくはないです。そこを後にしてから一年以上経ちますが、友人であり庇護者であるバルガス学士様のお伴をして、セビーリャへ参り、殺された彼の父君カラトラーバ侯爵の敵を討ち、その実行犯と逃げた妹君の居所を探るためなのです。我々はそこで数ヵ月過ごしましたが、彼の兄上で現侯爵がそこで衛兵の士官をされていらっしゃいます。でも目的は果たせなかったので、ご兄弟は復讐成就を誓ってお別れになりました。そうして学士様と僕はコルドバへやって来ましたが、妹君がいらっしゃるという噂だったからです。しかし、またもや見つからず、そこで知ったのがもうお亡くなりになっていたということ。父上が殺害されたあの夜、殺人を犯して妹君を誘拐した者の召使いと侯爵様の召使いとの激しい抗争の最中の出来事で、罪人の方はアメリカへ逃げ戻ったとのこと。それ故に我々はカディスへ行き、我が庇護者バルガス学士様はお家の敵を捜すために船に乗られたのです。で、僕は大学へ戻り、無くした時間を取り戻して学業を続け、この経歴と神のご加護があれば、いつの日にか顧問会議の総裁かセビーリャ大司教にでもなれるかも知れないのです。

村長　随分と思い上がっているようだが、もうよい。行状と説明を聞いて、善良なる人間であって本当のことを述べていると見える。

旅籠の女将　ちょいと、学生さん、で何と、その侯爵様は殺されたって？

学生　そうです。

旅籠の女将　しかも殺したのは娘の恋人で、そのまま娘を奪って逃げた？……　ああ！　その話を詳しくしてくださいな、とても面白そうだわ。お願いします……

旅籠の主人　他人様の人生に興味を持つものじゃない。お前の好奇心こそ呪われろ！　もう晩飯を食ったんだから、神様にお礼を申し上げて部屋へ戻るんだ。（全員が立ち上がり、お祈りをするために帽子を脱ぐ。）では、お休みなさい。どのフクロウも自分の木へ。

村長　お休みなさい。分別と沈黙がありますように。

学生　では僕も自分の部屋へさがります。（正体不明の旅人の部屋に入ろうとする。）

旅籠の主人　おい！　そこじゃない。もっとあっちの方だ。

学生　間違った！

村長と村人が退場。学生は自分の部屋に入る。女中と荷車引きと旅籠の女将はテーブルと椅子を片隅に寄せて、舞台中央に空間を作る。旅籠の主人は近づいて暖炉を確認し、すべてが静まり、舞台には旅籠の主人と女将だけが残る。

第二場

旅籠の主人　コラーサ、俺たちの仕事をまともにするにはだ、ここに休息があって、誰も嫌な思いをしないようにすべきなんだ。お客さんの素性をあれこれ詮索するのは御法度だ。ここへ来た誰とでも無駄なおしゃべりするのもダメだ。よく世話をして、「はい」と「いいえ」だけを言い、銭儲けに勤しみ、あとは「しっ」。

旅籠の女将　ねえ、あたしにそんなこと言わないでおくれ。あたしの口が硬いことはよく知ってるだろ。学生さんに尋ねただけで……

旅籠の主人　それが余計なことだったんだ。

旅籠の女将　じゃあ、変なことだと言うのかい、あの部屋に入ってお客さんが何か必要なものがないか聞くのもさ。ああ、そうだとも、あたしは見たんだよ、悲しみに沈んだ女だよ。（旅籠の女将は燭台を取って、とても気を遣って部屋に入る。）

旅籠の主人　入りな、それが道理ってもんだ、実のところはな、同情からと言うよりも好奇心からそうするじゃないかと心配だがな。

旅籠の女将　（ひどく驚いて部屋から出て来て）あれまあ、神様！　大変だよ。ご婦人の姿がない。ベッドには誰もいないし、窓が開いているんだ。

旅籠の主人　えっ？　何だって？……　思ってた通りだ！……　窓は外に向いてたし、低いところにあったから、難なく出て行けたんだ。（女将が再び部屋に入り、主人はその部屋の方へ近づいて、扉の外で待ちながら）新しいベッドカバーを持っていってなければいいが。

旅籠の女将　（舞台裏から）何も持っていってないよ。全部ここにある……　不幸な人だねえ！お金まで置いてある……　ああ、テーブルの上に一ドゥーロ［お金の単位で硬貨の名前］。

旅籠の主人　じゃあ、お気を付けて、だ。

旅籠の女将　（舞台へ戻りながら）間違いないよ。ひどく訳ありのご婦人だ。

旅籠の主人　神様がお守りくださるように。俺たちは休むとしよう、明日になってもしゃべるんじゃないぞ。これは二人の間のことにするんだ。献金箱に一クアルト〔これもお金の単位で硬貨の名前。ドゥーロの下位単位〕入れておけ、いいな。そのドゥーロ硬貨はこちらによこせ。俺のポケットへ入れろ。

第三場

舞台上は険しい山の斜面にできた台上地。舞台下手には断崖と絶壁。舞台正面に深い渓谷があり、小川が流れていて、その河原に遠くオルナチュエロスの村が見え、奥に向かって高い山々につながっている。舞台上手に粗末で簡素な造りのロス・アンヘレス修道院の正面。その正門は閉まっているが開閉可能で、上部に中くらいの大きさの窓が付いていて、修道院内部の灯りが映っている。舞台前方近くに門衛室の扉が見え、開閉可能だが閉まっている。扉の中央には覗き窓があり、開け閉めできて、片側に呼び鈴を鳴らす紐が垂れている。舞台中央には素朴な石の十字架が風雪に耐えかねて傷んだ状態で、つかんで登れる四段の階段の上に置かれている。舞台全体は非常に明るい月の光で照らされている。修道院からオルガンの音と聖歌隊が歌う夜明け前の祈りである朝課が聞こえる。登ってきた様子で舞台下手からドニャ・レオノールが登場。とても疲れた状態で、男装をしており、袖のある外套につば広の帽子を被り、ブーツを履いている。

ドニャ・レオノール　ええ……　やっと着いたわ。神様！　あなたに心からお礼を申し上げます。（修道院を目にして跪く。）清き聖母様、あなたにおすがりします。私の苦渋に満ちた人生を守る盾となってください。この避難所だけが唯一私のすがれるところ。（立ち上がる。）この地上で私に残っている聖域であり安全を保証してくれる場所はこの山の不毛な岩場だけ。今そこにいます……　私はまだ震えて、勇気が出ないの？（来た元の道の方へ目をやる。）ああ！……　誰も付いて来ていないし私の素早い逃走は誰にも気付かれませんでした。私は間違っていません。私についての恐ろしい話は旅籠で耳にしました……　一体、天よ、あの話をした者は誰だったのでしょう？　不運な話！　お兄様たちの知り合いだと言ってましたが……　おお、至高の天よ！……　私は見つけられてしまうのでしょうか？　恐怖と疲労で死にそうです。（腰を下ろして辺りを見回し、その後で天を仰ぐ。）険しい山！　きれいに澄んだ月！　一年前に運命が力ずくで転変した時に見た月と同じ、そうして私の罰として地獄が扉を開けたのよ。（長い間をおいて）夢ではなかった……　私のことを話していたあの男はドン・アルバロ様が船に乗って西洋から離れた土地を新たに探しに行ったと言ってました。おお、神様！　確かなことでしょうか？　幸せと共に祖国の港にたどり着かれることを願います。（間をおいて）ということは、あの悲惨な出来事があった夜に死んだのではないのかしら？　私が、私が……　お父様の不幸な血に染まって、後を追いかけたのに見失ってしまったあの夜……　無情にも逃げたの？　恩知らずにも逃げたの？　逃げて私を捨てたの？（跪く。）おお、慈悲深い聖なる母よ！　お許しください、お許しください、あの方のことは忘れました。ええ、本当のことです、決心したことも偽りありません。善意の神様、厳格な改悛に身を捧げ、世間から離れてこの孤独の中で、情熱の高まりを冷ますつもりです。哀れみを、哀れみを、主よ、私を見捨てないでください。（沈黙に包まれ、深い瞑想に入った様子で、十字架を支える階段に寄りかかる。長い間をおいた後で再び語る。）天国の福者たちが作る聖歌隊の荘厳な調べ、響き高いオルガンの休止を挟んだ反響、乳香が蒸気となって作る雲のように神の聖なる玉座へ昇っていく、私の魂も慰めと静謐の甘き鎮痛剤で満たされて行きます。（意を決して立ち上がる。）では、何をためらっているの？……　静かなる……　聖なる避難所へすぐに参りましょう。（修道院の方へ歩き出して立ち止まる。）でもどうしてこんな時間に？……　ああ！……　もうこれ以上延ばすことはできません。ここに独りでいる恐怖を和らげてください。あの村には私の事件を知っている者がいます。夜明けと共に見つけられるかも知れません、充分にありうる話です。ここにいらっしゃるお偉い聖人の方には私の決意を伝えてあります、それに私の不幸な出来事も……　恐れることは何もありません。コルドバにいる私の聴罪司祭が数日前に私のことを手紙で長々と伝えてくださった……　あの方が慈悲心の聖なる極みであることを知っています。心広く私を受け入れてくださるでしょう。何を迷うのか、だから、何を迷うのか？……　おお、清き聖母様、私の紋章となってください！（門衛所へ行って呼び鈴を鳴らす。）

第四場

扉の覗き窓が開いて、窓越しに灯りの輝きが見えて、突然ドニャ・レオノールの顔を照らす。彼女は驚いて顔を背ける。メリトン修道士はこの場では舞台裏からしゃべっている。

メリトン修道士　どなたですか？

ドニャ・レオノール　今すぐに管区長神父様にお目にかかりたいと願っている者です。

メリトン修道士　こんな時間に管区長神父様にお目にかかるですって？……　まだ夜の真最中で、別に道に迷われた方でもないでしょう。聖年の購宥が欲しくて来られたのなら、教会は五時に開きます。神と共に参られよ。ご加護がありますように。

ドニャ・レオノール　修道士様、管区長神父様をお呼びください。後生ですから。

メリトン修道士　今時分に後生だなんて！　管区長神父様は聖歌隊室におられます。

ドニャ・レオノール　神父様のために、コルドバの修道院人事監督者クレート神父から緊急の伝言をお持ちしました。話の内容については既にクレート神父からお手紙でお知らせしております。

メリトン修道士　何と！……　クレート神父から？……　コルドバの修道院人事監督者？ならば話が違う……　ただいま、ただいま管区長神父様に取り次いできます。でも、いいですか、伝言と手紙というのは神父総括長様の件ですか、あのマドリードで話題になっている件ですか？

ドニャ・レオノール　とても興味深い件です。

メリトン修道士　でも誰のためにですか？

ドニャ・レオノール　この世で一番不幸な人のためにです。

メリトン修道士　気の進まない推薦だなあ！　でも、まあ、玄関扉は開けましょう、規則からは外れますけども、入って中でお待ちいただくために。

ドニャ・レオノール　いえ、いえ、私は入れません……　とんでもない！

メリトン修道士　聖なるお名前が祝福されますように……　しかし破門された方なのですか？……　でなければ、普通は外で待つことを意味しますよ。とにかく、伝言のことをお伝えします。おそらく返事はないでしょうけどね。もし戻らなかったら、お休みなさい。あそこの下り坂を降りれば村に出ますし、コラーサ小母さんの旅籠という良い旅籠もありますから。（覗き窓が閉まって、ドニャ・レオノールはとても打ちひしがれた様子で残る。）

第五場

ドニャ・レオノール　私の惨めな運命はこれほどまでに忌まわしく厳しいものなので、ここの高位な神父様でも私に救いと保護を与えようとはされないかしら？　門衛の頑なな無愛想さとやる気のなさを見ると、私は恐ろしくてたまらなくなって、血が凍りつきます。でも、そんなことはない。伝言が神父様に伝わっていたら、そして皆が言うように、この神父様が博学で善人ならば、私を救いに飛んできてくださることでしょう。おお、至高の聖母、不幸な者の母よ！あの方の心を解きほぐして、すぐに来て私を慰めてくださるように。

沈黙のまま、修道院の鐘が一時を告げる。玄関扉が開いて、そこに管区長神父と灯りを持ったメリトン修道士が姿を見せる。修道士は玄関扉に留まり、管区長神父だけが舞台中央に出て来る。

第六場

ドニャ・レオノール、管区長神父とメリトン修道士

管区長神父　私をお捜しの方、どなたですか？

ドニャ・レオノール　私です、神父様、実は……

管区長神父　もう玄関扉を開けましたから、中へお入りください。

ドニャ・レオノール　（とても恐れおののいて）ああ！……　できません、神父様、ダメです。

管区長神父　できないと？……　何をおっしゃるのですか？……

ドニャ・レオノール　お話しさせていただけるなら、ここでお願いします。

管区長神父　クレート神父があなたを来させたのですから、お話しください、彼は私の大親友ですから。

ドニャ・レオノール　神父様、人払いをお願いします、どうしても秘密にしてもらわねばなりませんので。

管区長神父　他に誰が？……　いや、分かりました。中へお戻りなさい、メリトンさん。そして玄関扉に鍵をかけなさい。ここで二人にしてください。

メリトン修道士　だから言わなかったかい？　秘密事だって。不可解なこと、彼ら二人だけ、この聖なる福者にとっては他の者は皆、棒きれ同然さ。

管区長神父　何をぶつぶつ言っているのですか？

メリトン修道士　この扉があまりにも動かないので……　ただいま。

管区長神父　早くしなさい、生まれつきの修道士よ。

メリトン修道士　これで門衛はくびになったな。（玄関扉を閉めて、退場。）

第七場

ドニャ・レオノールと管区長神父

管区長神父　（レオノールに近づいて）もう二人だけになりましたよ。でも、どうしてそんなに謎ばかりなのですか？　修道院へ入る方が都合が悪くなるのでしょうか？　何がそうさせないのか、私には分かりかねます……　では、中へお入りください、私からのお願いです。入って、私の独房へあがってください。何かお腹に入れて、それからでも……

ドニャ・レオノール　いいえ、神父様。

管区長神父　何を恐れているのですか？　分かりませんが……

ドニャ・レオノール　（とても打ちひしがれて）私は不幸な女なのです。

管区長神父　（驚いて）女性なのですか！……　これは驚いた！　女性だとは！……　こんな時刻に、こんな所で……　何があったのですか？

ドニャ・レオノール　ひとりの不幸な女、全世界の呪いを受けるべき者が、あなた様の足下にひれ伏して（跪く。）保護と救済をお願いします。あなた様はこんな女でもこの世と地獄から救うことがおできになるからです。

管区長神父　ご婦人、お立ちください。相当な不運に（立ち上がらせる。）見舞われたようですね。こんな所でお目にかかり、そのような嘆きを耳にして、そう思いました。しかし、どのような救いを、言ってください、どのような保護をお望みなのか、こんな不毛の地に閉じ籠もった一介の聖職者にできることなのですか？

ドニャ・レオノール　もしかして、神父様、クレート神父から手紙を受け取っておられませんか？

管区長神父　（じっくりと考えて）クレート神父があなたをここへ来させたのでは？

ドニャ・レオノール　あなた様を頼って、私のすべての不運を救う手だてとして、この岩山まで来ようとした意図が叶えさせてください。

管区長神父　（驚いて）あなたがバルガス家のレオノール嬢なのですか？　あなたがもしかして……何ということでしょう！

ドニャ・レオノール　（悲嘆に暮れて）その目で私をご覧くださるのさえ畏れ多いですわ！

管区長神父　（愛情深く）いいえ、お嬢さん、そんなことはありません、絶対に。私の胸がそんなにも厳しくて、不幸な人たちに哀れみと尊重の念を拒否するなど、神様がお許しになりません。

ドニャ・レオノール　私はとても不幸な女です！

管区長神父　お嬢さん、あなたが動揺するのはよく分かります。不思議ではありませんよ、ええ。付いてきなさい、おいでなさい。この十字架の足下にしばらく座りましょう。その影があなたに力と慰めを下さることでしょう。（管区長がドニャ・レオノールを連れて行き、十字架の足下に二人座る。）

ドニャ・レオノール　見捨てないでください、おお、神父様。

管区長神父　ええ、もちろんです。私を頼りなさい。

ドニャ・レオノール　この聖なる僧院の教区に足を踏み入れてから、私の魂は前よりも落ち着いてきましたし、息をするのも楽になりました。今日でちょうど一年になるのですが、あの時のように、周りにいつも見えた幽霊や亡霊につきまとわれることはなくなりました。お父様の血だらけの影に怯えることも、呪う言葉が聞こえることも、恐ろしい傷口が浮かぶことも、それに……

管区長神父　おお、そうでしょうね、お嬢さん！　この場所では、地獄が生んだそのような空しい幻影からあなたは解放されています。悪魔の悪巧みである幽霊には、人を動揺させるために悪魔が息を吹き込むのですが、ここには出る場所がありません。

ドニャ・レオノール　ですから息せき切って優しい慰めと援助をここに求めたのですし、天の女王の豪華なマントの下に匿われたいのです。
管区長神父　ゆっくりと行きましょう、お嬢さん。クレート神父が提案したのはこんな人里離れた地まで来て途方もない改悛ですが、それは必要ありません。
ドニャ・レオノール　いいえ、必要です。変えることはできません……　そう信じています。変えることはできません。
管区長神父　何もそこまで！
ドニャ・レオノール　決意は固いです、もう誓いました、この岩場を自分の墓として一生閉じ籠もります。
管区長神父　何ですって！
ドニャ・レオノール　初めてのことですか？……　そうではないでしょう、神父様。あの聴罪司祭から私は聞いたことがあります、この聖なる地で屍として一生を過ごした不幸な女が他にもいたことを。彼女を範として従うことを決心したのです。私は彼女が過ごした礼拝堂を探しに来たのです。私にお与えください、きっとできますよね、彼女を匿った洞窟を。あなた様には、私が必要としている保護と庇護を、至高なる聖母には、聖なる恩恵と助力をお願いします。

管区長神父　クレート神父が言ったことは嘘ではありません。ある聖女が改悛のためにこの静かな無人の地で、人々から忘れ去られ、改悛の驚異と呼ばれて、十年暮らしました。我々の教会には彼女の遺骨があります。私はこの場所の最高の宝だと見なしています。ここは我が師である聖フランシスコの聖なる名前で、身に余る重責ですが、私が統括しています。彼女の避難所となった洞窟は、しかるべき修理も行った状態で、この近く、あの高い断崖絶壁あります。中にはあの聖女が使った粗末な道具がまだ残っています、傍らには透き通った小川が穏やかに湧き出ています。

ドニャ・レオノール　今すぐにそこへ私をお連れください、神父様。

管区長神父　おお、ドニャ・レオノール・デ・バルガス！　そこまでおっしゃいますか？

ドニャ・レオノール　はい、神父様、お願いします。神の命ずるまま……

管区長神父　神が人間にこれほどの犠牲を要求されるのはめったにありません。それに一時の上ずった気持ちで、いいですか、自分自身をも騙してしまう者は可哀相ですよ！　早く過ぎてゆくこの世界の苦難は、お嬢さん、一時的なものです。最後には安堵できるのです。神に善意で仕えると修道院の中にいても人のいない土地にいても、騒乱の中にある都にいても、燃え上がる信仰ときれいな心を持って神に魂を委ねるならば、同様に和らぐものです。

ドニャ・レオノール　私がこの考えを抱き、あなたを探しにここまで来たのは、一時の興奮でも戯言でもありません。この世界に幻滅し、苦しみ抜いて、ああ、神様、長い熟考の末に、引き続く危険に晒され、強烈な良心の呵責、自分自身との対話を続けて、こうして一年が経ち、私の意図は固まり、力を得てこの場所で死ぬという厳粛な誓願を立てたのです。尊敬すべき私の聴罪司祭クレート神父は、あなたに事の次第を手紙で伝えましたが、皆が聖人と呼んでいるほどの方で、理由を知った上で私の決意をお認めくださったのです。もっとも、あなたのように、はじめは博学な推論をもって私に諦めさせようと努力されましたが、あなたのおみ足に私を送り、助力を乞うことになったのです。見捨てないでください、神父様。神様を通してあなたにお願いします。私の決意は固いのです。誓願は変更不可で確定しています。どのようなことをしても私をこの岩山から連れ出すことはこの世ではできません。

管区長神父　あなたはとても若い、お嬢さん。慎み深い天が私たちにどのような能力を与えてくださったのかは誰にも分かりません。

ドニャ・レオノール　すべてを放棄します。もう誓いました。

管区長神父　おそらくあの男性が……

ドニャ・レオノール　何を口にされるのですか？……　おお、何という苦痛か！　あの方は無実ですが、私のお父様の血に染まりました、そして絶対に、絶対に……

管区長神父　分かりました。しかし、カラトラーバ侯爵家の誉れ高い兄上様方は……

ドニャ・レオノール　私が死ぬことだけを切願しております、恨み深いですから。

管区長神父　コルドバにいる叔母様は？　一年もあなたを匿われたのに……

ドニャ・レオノール　叔母様のご理解は得ています。受けた善意を台無しにはできませんから。

管区長神父　それ以上安全で、適切な避難所といえば、キリストの妻たちと一緒に修道院の中では……

ドニャ・レオノール　いいえ、神父様。条件がたくさんありすぎて。修道院へ入るには求められるものが……　それに……　おお、ダメです、我が神様！　私は無実ですが、できないのです、今でも口にすると身体が震えますが、誰も住んでおらず、私以外の誰にも見られない所にしか私は住めないのです。私の不幸はスペイン全土ではいろいろと噂されるでしょう。陰口、仕草、視線、咎め、すべてはあまりの苦痛で私を奈落へ落とすことになるかも知れません。いいえ、絶対にイヤ……　ここ、ここだけです！　お優しく私を受け入れてくださらないのであれば、この岩山に棲む猛獣共に慈悲を願い、山々に食べ物をいただき、この断崖絶壁に住まいを乞うつもりです。私はこの無人の地から出て行きません。ある声が私の耳に苦痛を与えています。天の声が「ここだ！　ここだ！」と言っていますし、ここで私は息ができるのです。（十字架を抱きしめる。）いいえ、どんな人の力をもってしても私をこの場所から引き離すことはできないでしょう。

管区長神父　（立ち上がって傍白）永遠の神よ、本当でしょうか？　至高の聖母が厚かましい罪人の私にお与えくださった庇護の力はここまで大きく強いものなのでしょうか？　卑しい私がこの僧院の長である時に、こんなにも清い誓願を持った改悛の女性がもうひとりやって来て、この山々の光となるなんて。永遠の神よ、祝福されてあれ、満天の星を持つあの空が、あなたのみ足を休ませる足台が、あなたの全能の力を物語っています。あなたの召命は堅固なものですか？……　あなたはそんなにも幸運なのですか？……

ドニャ・レオノール　変更は不可能ですし、天の声が誓願を果たすように命じているのです。

管区長神父　では、至高の聖母の庇護の下にあれ。（片手を彼女の上に伸ばす。）

ドニャ・レオノール　（管区長神父の足下に身を投げて）お受け入れくださいますか？……　おお、神様！……　ああ、うれしい！　あなたのお言葉がこの瞬間にどれだけ私を幸せにしてくれているか！……

管区長神父　（彼女を立ち上がらせながら）聖母に感謝しなさい。聖母こそあなたに避難所をご自分の家の蔭にお貸しくださる方なのですから。私ではありません。私は邪悪な罪人、卑しい虫けら、地、無ですから。（間をおいて）

ドニャ・レオノール　それから、ああ、我が神父様！　私がこの岩山に住んでいることはあなただけの秘密にしてください。他の誰にも知られぬように……

管区長神父　あなたの素性を知っているのは私だけです。しかし村人にはここの礼拝堂が使用されていること、そこに改悛の人が住んでいることは伝えねばなりません。しかし従順という聖なる戒律の下に、百歩以内に近づく者は誰もいないでしょう。ましてや、遠く離れて周りを囲っている粗末な塀を乗り越えることなどないでしょう。あなたの模範たる聖女は、ただ私の模範でもある修道院長だけが知っていました。女性であったことは葬儀の時に他の聖職者も知ることとなりましたが。私も決して再びあなたに会うこともいたしません。毎週、ええ、慎重を期して、泉の所にわずかな食料を私自身が置いておくことにしましょう。引き取る時はあなた自身が注意してください…… 小さな呼び鈴が内部と通じていて、扉のところにその紐がぶら下がっていますが、途方もない場合に大きな危険を知らせるため、あるいは死の時が迫っていることを知らせるためだけに、使ってください。その音は私、あるいは私の後に院長となられる人には意味が分かるようになっていますし、心が救われるにはこれで充分でしょう……いいえ、何も心配は要りません。ロス・アンヘレスの聖母はそのマントであなたを匿います。主の天使があなたの防御となるでしょう。

ドニャ・レオノール　しかしお兄様たちが……　あるいは盗賊たちがもしかして……

管区長神父　誰がそのような大胆なことができるでしょうか、お嬢さん、すぐに自分に永遠の報復がくだされるのを知っているのに。全能の神の恵み深い抱かれたあなたをお連れする庵に前の改悛者が暮らしていた頃、三人の悪人が脇目も振らぬ大胆さで聖なる避難所へ近づこうとしましたが、爆音とともに嵐が立ち上がって、憤慨した空を喪の黒で塗りつぶし、空から放たれた雷が盗賊の内の二人を灰にしてしまったのです。一瞬の出来事でした。三人目は震え上がって私たちの教会へ庇護を求めてきました。修道士の肩衣を着て、後悔して我らの規律を守って暮らしていましたが、二ヵ月後に亡くなりました。

ドニャ・レオノール　そうですか、ああ、神父様、世間の目から隠れることができる場所を見つけたのですから、連れて行ってください、ぐずぐずせずにお連れください……

管区長神父　ただちに。もう夜明けの光が近づいていますから。しかしその前に教会に入りましょう。私からの赦免状、その後で命と永遠の健康のパンを受け取ってください。聖フランシスコの粗布衣を着ていただきます。そして多くの栄光と共に決意された聖なる改悛の人生のために重要かも知れない注意事項をお知らせします。

第八場

管区長神父　これ！……　メリトン修道士。ちょっと！……　起きてくれと言ってるんだ。

教会のくぐり戸を開けておくれ。
メリトン修道士　（舞台裏から）何ですか？　もう五時ですか？……（欠伸をしながら登場。）きっとまだなんでしょう。（欠伸をする。）
管区長神父　教会を開けなさい。
メリトン修道士　まだ朝ではないですよ。
管区長神父　口答えですか？……　後生です……
メリトン修道士　私が口答え？……　これまで一度も口答えなんてしたことがありません。改悛者は五時まで充分に待てますし、こんなに急いでいる罪人は見つけるのも難しいでしょうからね。（退場。すぐに教会の扉の差し錠が外される音が聞こえ、扉がゆっくりと開くのが見える。）
管区長神父　（レオノールを教会の方へ案内しながら）さあ早く、さあ。神の家に、シスター、入ります。その名を祝福しましょう、その慈悲にすがりましょう。

第三幕

第一場

舞台はイタリアのヴェレトリ〔ローマの南三十キロメートルに位置する町〕およびその周辺。

舞台は荒くれ将校の宿舎となっている小部屋。壁には制服、外套、馬の鞍、武具などが乱雑に掛けられている。舞台中央にテーブル。緑色のテーブルクロスが掛けられ、獣脂鑞の蝋燭を据えた燭台が二つ。周りに四人の将校。その一人は手にトランプのカードを持っている。空いた椅子が数脚。

ペドラサ　（とても急いで登場）ううう、寒い！

将校一　俺を丸裸にした途端、勝負を降りやがって。俺は切り札を一枚も出せなかったぜ。

ペドラサ　じゃあ、ちょうど親に挑む奴が来ることになってたんだな、それにこんなに殺風景で寒いのを見ると……

将校一　で、あいつは誰なんだ？

全員　誰なんだ？

ペドラサ　将軍の右腕、あの大佐のこと、今日の午後に着いて、夜が明けたら全員武器を取れって命令を持って来た。賭博は大好きで派手に遊ぶんだが、見たところ、いいカモだぜ。大佐夫人の館で一緒に晩飯食ったんだが、狡賢い俺たちの主任司祭は、もう夫人に歯の浮いたことを言ってたよ。だけど、ちゃんと大佐を取り込んだ。トランプ遊びをしに来るように誘ったから、もうすぐここに連れてくるさ。

将校一　じゃあ、皆の衆、ここでもう一曲歌わねばならぬ。皆がひとつになろうぜ。俺が何を考えてるか、分かるよな？

全員　合点承知、いい考えだ。

将校二　参謀だから、哀れなしみったれは相手にしないだろう。

将校四　懲らしめてやるんだ、手ひどく。

将校一　だから、あいつと勝負するために仕込んだカードを使う、新兵より言うことを聞く、五月より「花」があるカードをな……（ポケットからトランプのカードを取り出す。）これだ。

将校三　用意周到だな、同志！

将校一　エースと絵札は使っちゃいかん。さあ仕事だ、階段に人の気配がする。いくぞ、右に三、左に九。

第二場

ドン・カルロス・デ・バルガスと主任司祭、登場。

主任司祭　同志の皆さん、おいでになったぞ、気前の良い遊びをする方が。

全員　どうもようこそお越しくださいました。（起立をして迎え、再び座る。）

ドン・カルロス　こんばんは、紳士諸君。（傍白）むさ苦しいところだ！　嫌だな、恥ずかしい、こんな連中と付き合わねばならないなんて。

将校一　お座りください。（皆が空けた場所にドン・カルロスが座る。）

主任司祭　（トランプの親に）隊長さん、勝負はどうでしたかな？

将校一　（カードを繰りながら）無一文にさせられて終わり。子は皆、金持ちさ。親が勝ち逃げできないで、子が勝つまで続く永遠のゲームをやろうと言い出して、いつも「地獄の十番」〔トランプゲームの名称。詳細は不明〕をやることになるんだが、二十二回やっても親が勝つことは一度もなかった。

将校二　そんな儲け話にうまく乗れないのが俺様さ。

将校三　俺の方は負け勝負に必死になって、まったくダメ。ただロザリオに祈るためにここにいる始末。

主任司祭　さあ。

ペドラサ　さあ。

将校一　配るぞ。

ドン・カルロス　よし来い。

将校一　じゃあ、右にエース、左に十だ。

将校二　もう嫌なカードが出たか、南無三……

将校一　右にキング、左に九。
ドン・カルロス　俺の勝ちだ。
将校一　（金を払う。）手がペストに罹ってるな！　オンス金貨三枚、借金なし。右に十。
将校四　破産した！
将校三　火ダルマにしてやれ。
将校一　左に七。
ドン・カルロス　勝負だ。
将校二　カードを見たら俺は降りる。
ドン・カルロス　全財産を賭ける。
主任司祭　カードを伏せたままで？
将校一　出すのは右に三。
ペドラサ　いいカードだねえ！
将校一　数が越えなけりゃね。左に五だ。
ドン・カルロス　（立ち上がり、カードを繰っている親の手をつかんで）やめろ。騙されないぞ、胴元さん。（カードをめくる。）俺の勝ちだったんだ。いかさまは許さんぞ。

将校一　いかさまだって？　誰がそんなことを？……

ドン・カルロス　俺が言っているんだ。五のカードの裏にジャックが張り付いている。うまくやったものだな。

将校一　俺は体面を気にする男だ。これは偶然のことで……

ドン・カルロス　これは不正だ。貴様は狡賢いいかさま師だ。

ペドラサ　ご乱心か、不遜な方。

ドン・カルロス　貴様こそ卑しい奴、この剣にかけても……

全員　ここはまともな場所だ。

主任司祭　お願いじゃ、大声を出さずに。

ドン・カルロス　（テーブルを周りながら）問答無用だ。

全員　（剣を抜いて）死ね、無礼者！

ドン・カルロス　（身を守りながら退場）勇気ある者に向かって、泥棒の巣窟に何ができようか？

剣を交えながら、その部屋から全員退場。二、三人の軍人がテーブルと椅子を片付けて、舞台を空にする。

第三場

舞台上はとても暗い夜の森。奥に選抜隊長の恰好をしたドン・アルバロが一人で登場。ゆっくりと進み出て、動揺した様子で独りごちる。

ドン・アルバロ （独白）ひどい運命を背負って生まれた忌まわしい人間にとっては、生きる環境とは何と耐え難い重荷なのか！　短い人生が何と恐ろしいほど永遠に続くのか！　この世は、不幸な人間にとっては、奥深い独房だ！　機嫌を損ねた天も怒りに眉をひそめて見ている。まるで、そうだ、この生が辛く苦々しくなればなるほど、運命が命を引き延ばして死を延期させようとしているようだ。命はただ苦しむためだけに与えられているのか？　だから幸せな人は、誰からも妬まれることがないように、その命がとても短くならざるをえないのか？　そうであるなら、生まれるとは恐ろしいことだ！　礼賛と名誉に囲まれて心静かに喜びに溢れて生きる者よ、無実の愛の美味な杯を舐め尽くすがよい。力みなぎり意気盛んなる時こそ、死はその喜びを踏みつけ、その幸運を蹂躙するのだ。俺は不幸なる者、俺は不幸を求めて生きる者、しかし不幸と出会うことができずに生きながらえている。

しかしどのようにすれば不幸が手に入るのか？　不運な者よ、不幸に生まれついたのに、俺はただ老いるためだけに生まれたのか？　あの歓喜の日——俺が歓喜を得たのはその時だけだ——、幸運を確実なものにしていたとしても、早熟な死が恐ろしい長柄の鎌で何と素早く俺の首をかき切っていたことだろう。

あの焼けつくような地域で、西の帝国の素晴らしい王冠で俺の額を飾ろうとして、燃えるような愛と野望が調和から俺を作り出したが、調和ではなくて不一致が、あまりの逆運と共に、牢獄を俺の揺りかごに、砂漠を俺の学校にした。

野蛮な者の間で育ったが、物心つく頃に人の子たる者が親に義務を果たすように、俺は親の元へ馳せ参じた。名を隠し、親の命を救おうとしたが、これが罪だった。俺に命をくれ、玉座に返り咲くことを夢見た人に、目が覚めれば処刑台を与えていたのだ。

その時、あるうららかな日だったが、ただ一人が、一人っきりで、忌まわしい意図を持って俺にこの運命を与えたのだ。こうして暗い牢獄に死刑執行人が光をもたらしたが、驚くべき場所で取り憑いていた恐怖をすぐさま目撃させようという暴君のような意図を持っていたのだ。

セビーリャよ！　グアダルキビール川よ！　俺の心をどれだけ苦しめるんだ！　俺のわずかな幸福があっという間にすり抜けるのを見つめていたあの夜よ！　おお、生きるとは何という重荷なのか！　天よ、怒りをぶちまけるがいい！……　助けてくれ、俺のレオノールよ、アンダルシアの地が育てた花よ、あなたは主の玉座の横にあっても光り輝く天使だ。

その高みから俺を見てくれ。名もなく見知らぬ土地にいて、墓場を求めて戦争に身を殉じた俺を。万が一、カルロス〔フェリペ五世の息子カルロス・デ・ボルボンを指している〕が勝とうと俺には何の意味があるのか？　イタリアのために俺は何ができるのか？　何ができるんだ？　過酷な運命だ！　そこでは死が君臨している、そして俺は死を求めている。

どれほど、おお、神よ、俺がいつも外地の野戦で火の中をくぐり抜けているのを見て、俺の見境のない熱情を礼賛した者はどれほど間違っていることか！　俺をスペインの栄光と呼んだが、何も知らないんだ。俺の熱情はまったく勇気とは関係がない。何しろ死ぬことを切望しているから、天の怒りに抵抗する気などかけらもないのだ。
もし世界が、敵を殺した者を名誉で飾り立てるなら、内に敵を持つ者が、どうして自分を殺すことができないはずがあろうか？……（剣を交える騒音が聞こえる。）

ドン・カルロス（舞台裏で）裏切り者め！

声（舞台裏で）死ね！

ドン・カルロス（舞台裏で）卑劣な者ども！

ドン・アルバロ（驚いて）何というどよめきだ！

ドン・カルロス（舞台裏で）助けてくれ！

ドン・アルバロ（剣を鞘から抜いて）俺が助けてやろう。切っ先がきしむのが聞こえたからには、不幸な俺は危険を求めているが、貴族にもとることはできぬ。

退場。剣を交える騒音が聞こえ、ドン・アルバロとドン・カルロスの二人が逃げながら舞台を横切り、再び舞台へ登場する。

第四場

ドン・アルバロとドン・カルロスが剣を抜いて登場。

ドン・アルバロ　逃げたか……　傷はないか？
ドン・カルロス　心から礼を言う、ありがとう。貴殿の英雄のような勇気がなければ、確実に俺は殺されていた。当たり前だろう、こちらは一人に敵は七人、大声をあげた時、倒れて片膝をついていた。
ドン・アルバロ　傷はないのか？
ドン・カルロス　（確認して）大丈夫だ。（二人とも剣を鞘に収める。）
ドン・アルバロ　あいつらは誰だ？
ドン・カルロス　人殺しだ。
ドン・アルバロ　軍の野営地の側で、こんな向こう見ずなことを？
ドン・カルロス　貴殿だから有り体に言おう。賭博がらみの諍いだ。俺はそうだとは知らずに、誘われるがまま、不謹慎なことに巻き込まれた……
ドン・アルバロ　なるほど。ここでは、いかさまが……
ドン・カルロス　そうだ。
ドン・アルバロ　剣さばきから分かるが、貴殿のような身分の高い者が、軍の汚点たる、クズのような下品なごろつきが行く賭博場へ行くことになったのか不思議に思うのを許してくれ。
ドン・カルロス　ただ新参者だということで許してもらいたい。招待を受けたので、何も分からず近づいていてしまったのだ。
ドン・アルバロ　では、ここへ来たばかりか？
ドン・カルロス　十日前にイタリアに着いた。本部へ行ったのは二日前。で、今日の午後に将軍からの特別任務を得て野営地に着いたんだ。偵察は明日の予定だった。貴殿の剣とご厚意がなければ、俺の経歴も名誉なく終わっていたことだろう。感謝していることをご承知いただきたい、命の恩人に。生まれの良い者にとって最大の義務は感謝することだからな。
ドン・アルバロ　（つれなく）偶然居合わせただけだ。
ドン・カルロス　（真剣な表情で）厚かましいが、お名前をお聞かせ願いたい。感謝の印にまずこちらから名乗ります。(傍白) 悪いが本当のことは言えない。俺はドン・フェリックス・デ・アベンダーニャ、この野戦には好奇心から参加した。中佐で、ブリオネス将軍の副官。彼とは血縁だ。

ドン・アルバロ　(傍白) 何と気さくで優しいんだ！　俺は気に入ったぞ！

ドン・カルロス　俺には貴殿を命の恩人とするのが道理だと思う。感謝は当然のことだから。

ドン・アルバロ　こちらは……　ドン・ファドリーケ・デ・エレーロス、選抜近衛歩兵の大将だ。

ドン・カルロス　(大いに感心し、声に力を込めて) あなたが、何とありがたき幸せ、スペイン軍の栄光、イスパニアの勇気の光り輝く太陽と呼ばれている方ですか？

ドン・アルバロ　恐縮至極……

ドン・カルロス　イタリアに着いてからというもの、どこへ行っても、あなたを誉める言葉とスペインの栄誉と呼ぶ声しか聞いておりません。そのように勇敢なスペイン人の方と親しくさせていただきたく存じます……

ドン・アルバロ　そのようにお考えください。とても手厚い処遇に恐縮しています。こちらが拝見いたすところ、多勢を相手に見事な戦いぶり、とても優秀な兵士であろうとお見受けします。お示しくださった礼儀で、貴殿が裕福なる貴族の家柄とはっきり分かります。（夜が明けてくる。）では、私のテントへ来てお休みください。

ドン・カルロス　いくら感謝しても足りないくらいですが、夜が明け始めましたので。（遠くに鼓笛隊が出す武器を取れの合図が聞こえる。）

ドン・アルバロ　野営地全体に太鼓の音が整列を呼びかけています。自分の隊へ戻ります。

ドン・カルロス　私も戻ります。戦いの時はあなたの側で、あなたを我が師、我が模範として崇めようと思います。

ドン・アルバロ　お誉めくださる友よ、あなたこそ礼儀正しく勇敢であるならば、私は燃え上がる勇敢さを羨む証人となりましょう。

両者退場。

第五場

舞台上はイタリアの心地よい野営地で夜が明けるところ。遠くにヴェレトリの村と軍事施設が数点見える。いくつかの隊列が舞台を横切り、その後で大将、中尉、准尉をいただく歩兵隊が登場。ドン・カルロスは馬に跨って登場し、背後に従卒、傍らに歩兵隊、舞台奥ではゲリラが前進してくる。

ドン・カルロス　大将殿、次の命が下るまでここでお待ちください。しかしもし敵がゲリラを放ち、カンタブリア隊がいるところへ向かってきたら、何としても援護をお願いします。

大将　了解した。義務を果たそう。

ドン・カルロス退場。

第六場

大将　選抜歩兵隊、その場で休め。この准尉が分かっているようだ。（隊列から将校たちが出てきて集まり、望遠鏡で銃撃音が聞こえる方向を眺めている。）狂った者のように全速力で走っているが、戦闘はまだまだこれからだぞ。

准尉　激しくなりそうな感じがしますな。

大将　（望遠鏡を覗きながら）近衛歩兵隊はなかなかの戦いぶりだぞ。

中尉　スペインの栄誉、死にものぐるいで戦うドン・ファドリーケ・デ・エレーロスが隊長ですからね。

准尉　（望遠鏡を受け取って、覗きながら）ドイツ軍は銃剣を担いで、元気一杯だ。失敬、俺たちはあの場所から撤退だな。（銃撃音が大きくなる。）

大将　（望遠鏡を奪って）どれ、どれ……　ああ！　見間違えてなかったら、選抜近衛歩兵隊長は死んだか、怪我をしたな。そのようだ、そう。

中尉　見たところ、隊がひしめきあっておる……　後退しているようだ。

兵士たち　かかれ！　かかれ！

大将 沈黙！ 気を付け！（再び望遠鏡で覗く。）ゲリラ軍も後退しているぞ。
准尉 誰かが馬に乗ってあちらへ向かっているぞ。
大将 ああ、副官だ…… 部下と武器を集めている…… 剛毅な奴だ！…… 今日はこっちのもんだな。
中尉 ええ、ドイツ軍が逃げていくのが見えます。
兵士たち かかれ！
大将 気を付け、選抜歩兵隊！（望遠鏡を覗く。）副官が陣地を回復したぞ。近衛隊が銃剣を担いで、全部撃破だ。
中尉 どれ、どれ。（望遠鏡を取って、覗く。）ええ、確かに。副官が馬から降りて、両腕にドン・ファドリーケを抱いて引き返してくる。どうやら怪我しただけだな。ヴェレトリへ連れて行かれている。
全員 神が彼を生かしてくださるように。軍の華だから。
大将 しかしこちら側は思わしくないぞ。中尉、隊の半分を連れてゲリラ軍を補強しに行け、俺はカンタブリア隊の方へ行く。さあ、さあ。

兵士たち　スペイン万歳！　スペイン万歳！　ナポリ万歳！（行進する。）

第七場

舞台上は将校の上官の部屋。正面に寝室の扉があり、これは開閉可能でカーテンが掛かっている。怪我をして気絶したドン・アルバロが選抜歩兵隊四名に担架で運ばれて登場。側に外科医、もう片側にドン・カルロス。ドン・カルロスは埃だらけで、とても疲れている。一人の兵士がドン・アルバロのトランクを持ってきて、テーブルの上に置く。担架が舞台中央に置かれる一方で、選抜歩兵隊の数名が寝室へ入ってベッドの用意をする。

ドン・カルロス　どうか、どうか気を付けて、ここに置いてくれ。すぐに寝室に入ってベッドの用意をしろ。（兵士の内の二名が寝室へ入り、残りの二名は舞台に残る。）

外科医　それに静かにするように。

ドン・アルバロ　（正気が戻って）どこにいるんだ？　どこに？

ドン・カルロス　（慈しみを込めて）ヴェレトリです。側には私が、とびっきりの友人がいます。我々が勝利を収めました。気持ちを楽にしてください。

ドン・アルバロ　永遠の神よ！　俺の命を死から救うなんて、何とひどいことをしてくれたんだ！

ドン・カルロス　そのようなことを言わないでください、ドン・ファドリーケ。天があなたの命を救う機会を与えてくださったことに私は有頂天になっているのに。

ドン・アルバロ　ああ、ドン・フェリックス・デ・アベンダーニャ、何とひどいことをしてくれたんだ！（気絶する。）

外科医　また気を失いましたな。水と酢酸を持て。

ドン・カルロス　（兵士たちの一人に）すぐに用意しろ。（外科医に）危険な状態ですか？

外科医　胸の傷が、まだ弾が残っているのが、とても気がかりです。他の傷はさほど心配するほどではありませんが。

ドン・カルロス　（衝動を抑えきれない感じで）命を救ってやってください。頼みます。あらゆる手の限りを尽くしてください、お礼は充分にさせていただきます……

外科医　恐れ入ります。ですが、自分の仕事を全うするのに見返りは余計な話。この勇者の命を救うことだけが大きな関心事です。（兵士が水を入れたグラスと酢酸を持って登場。外科医はドン・アルバロの顔をさすり、酢酸を含ませた綿花を鼻の所へ持っていく。）

ドン・アルバロ　（気が付いて）ああ！

ドン・カルロス　頑張れ、高貴な友よ！　元気と息を取り戻してくれ。すぐに、すぐに力を取り戻し、回復して元気になりますから。もう一度、戦士の栄光、模範となってください。あなたの素晴らしい勲功に国王も受けるに値する報償をくださることでしょう。ええ、今すぐにでももう一度颯爽と、枯れることのない棕櫚と永遠の月桂樹を身にまとい、サンティアゴ騎士団かカラトラーバ騎士団の飾り十字をあなたの胸はいただくでしょう。

ドン・アルバロ　（とても動揺して）何をおっしゃったのか、何を？　聖なる天よ！　ああ、無理だ、無理だ！　カラトラーバのは絶対に、絶対に……　永遠の神よ！

外科医　また気絶しました。安静にして口をきかないようにしなければ治療の方法がありません。（再び水をやり、酢酸を含ませた綿花を鼻の所へ持っていく。）

ドン・カルロス　（呆然として、傍白）カラトラーバの名前がどうしたというのだろう。何か、俺は身体が震える。彼の耳には恐ろしいものに聞こえるのだろうか？

外科医　もうこれ以上待つことはできません。まだベッドは準備できないのですか？

ドン・カルロス　（寝室の方を見て）もうできています。（兵士が二人登場。）

外科医　（四名の兵士に）すぐに連れて行け。

ドン・アルバロ　（気が付いて）ああ、悲しい！

外科医　連れて行け。

ドン・アルバロ　待ってくれ。この感じでは、この世に残っている時間はわずかで、あの世のことを考えねばならん。しかし命を奪われる前に、重大なことを告白して身軽になりたいんだ。友よ、（ドン・カルロスに）ひとつだけ頼みがある。

外科医　しゃべると、いいですか、もう……

ドン・アルバロ　もうしゃべらないと約束する。だが、一言だけ、彼と二人になってから伝えたいのだ。

ドン・カルロス　（外科医と兵士たちに）席を外して。彼の言う通りに。しばらく二人きりにしてくれ。（外科医と駆けつけた者たちが部屋の隅にさがる。）

ドン・アルバロ　ドン・フェリックス、貴殿ひとりに、ひとりに、（手を差し出す。）お願いしたいことを託す。貴族の名にかけて、固く秘密を守って、託すことすべてを行動に移すと誓ってくれ。

ドン・カルロス　誓います、我が友よ。早くされよ、さあ。（ドン・アルバロは力を振り絞ってポケットに手を入れようとするが、できない。）

ドン・アルバロ　ああ……　できない！　このポケットに、この左側の方の胸のポケットを探ってくれ。（ドン・カルロスがそうする。）何か見つけたか？

ドン・カルロス　ええ、小さな鍵があります。

ドン・アルバロ　それだ。（ドン・カルロスは鍵を取り出す。）これで開けて欲しいものがある、お願いだ、独りで証人も立てずに、俺のトランクの中にある箱を開けてくれ。そこに封蝋した封筒にひとまとめの紙束がある、大事にしまってきたが、俺が息を引き取った瞬間に、友よ、火にくべてくれ。

ドン・カルロス　開けずにですか？

ドン・アルバロ　（とても動揺して）開けずにだ、そこには解きほぐせない謎が秘められているからだ……　ドン・フェリックス、約束してくれるかな、そうすると。

ドン・カルロス　魂すべてをかけてお誓いいたします。

ドン・アルバロ　では、心おきなく死ねる。末期の抱擁を、さらば、さらばだ！

外科医　（怒りの声で）すぐに寝室へ。それから、ドン・フェリックス、彼の命を救うことが大事だと思われるなら、話しかけないでください。ひどく動揺しているので、あなたの顔も見せないでもらいたい。

兵士たちが担架を運び、外科医も退場し、ドン・カルロスがひとり舞台に残って泣きながら思案に暮れる。

第八場

ドン・カルロス　死んでしまうのか、何と辛いことか、あの勇ましい軍人が？　命を救うことができないなら、俺は生涯苦しむことになるだろう。だって、俺は彼に命を救ってもらったんだから。彼がこの命を守ってくれたあの瞬間から、彼の命は俺が守ることにした。（間をおいて）彼ほどの武器さばきは見たことがないし、他の誰よりも大胆不敵でかつ礼儀正しかった。しかし変わった人物だった。付き合った短い時間でも驚くような片鱗があった。（間をおいて）しかし、どうしてカラトラーバの名前にあれほど恐怖を抱いたのか？　俺がその言葉を口にした途端に……　その名に驚かねばならない何があったのか？　名誉のない人間だと自覚しているからか？……　アンダルシアの郷士だと思うが……　天よ！……　こんな時に何ときれいな日の光を俺に授けてくれるのか！……　本当に。こいつは裏切り者かも知れず、俺の家系から名誉を奪った、俺がここへ探しに来た人物なのかも知れないのか？（怒りを堪えきれずに剣に手をかける。）まだ息をしているのか？……　いっそ、今すぐに俺の手で……（寝室の方へ走り出して、立ち止まる。）ここはどこだ？……　見境もなく恥辱から地獄へ飛び込むのか？　俺の命は誰のお陰なんだ？　死にかけている今なら、俺のような者でも丸腰の彼なら殺すことができるだろうか？（間をおいて）疑いが嘘だということはありえないか？……　いや……　分からない！しかし、天よ、この鍵がすべてを明かしてくれるだろう。（トランクに近づいて、慌てて開けて、箱を取り出し、テーブルの上に置く。）

謎の箱よ、運命の最悪の投票箱よ、死ぬほどの汗をかいている俺の震える手がここにすべてを白日の下に晒すことになる。震えてなかなか開けられない、この中に俺の名誉のかけらを見つけるのではないかと心配するからか。（意を決して開ける。）いや違う、ここで運命は俺に希望と光を与えて、復讐へ向かう道を見いだすことを阻止するかも知れぬ。（開けて、蝋で封じられた紙束を取り出す。）これが例の紙束だ。封蝋を解くにはどれくらいの手間が掛かるのか？……（自制する。）おお、天よ！　俺はどうすればいいのか？　約束したんだったな？　だが、幸運が我が名誉を救おうと思いも掛けなかった機会をくれたんだから、これを逃すとどうなるのだろうか？　イタリアへ来たのはただ、我が父を殺し、我が名誉を汚した奴を、名を変え出で立ちも変えて、探すためだった。今この紙束を開けても、ここに俺がイタリアへ来た目的を見つけることができるのなら、何の問題があるのか？……　しかし、ダメだ。約束したんだ。誰も、誰もここにはいないぞ……　天よ、ここにあるんだ！　しかし命を救ってくれたから、こちらも救おうとした。でも不埒な大陸帰り、妹を誘惑して父を殺した奴だとしたら、どんな手段を使ってでも俺の手で復讐できるのならいいのではないのか？　この包みを破ろう、そうだ、誰にも分かりはしない……　しかし天よ！　何をしようとしているのか？　約束はどうするんだ？（紙束を手から放す。）いけない、絶対に。俺の心の情熱はこんなにも容易く不名誉で卑しい行動を許すのか？　俺は汚れた名誉をすすぐためにイタリアへ来た。俺の目的は名誉を汚すことで果たせるのか？　ここに、おお、秘密よ、お前は隠れている。もしこの紙束にお前がいるとしても、高貴な生まれの者は汚いまねはしない。（トランクの中を探る。）もしここに他の手がかりが見つかるなら、俺の風評を汚すことなく何かを教えてくれるような……（驚いて）天よ！……あった……　この小箱は、（肖像画のような小さな箱を取り出す。）肖像画が入っている。（肖像画であることが分かって）封蝋も封筒もない、ただ掛け金だけだ。不謹慎にならずに見ることさえできるぞ。このことは何も聞いていないし、秘密を暴くこともない。開けるぞ、では、今こそ、たとえ目で人を殺すバシリスクを見ようと、世界にとってパンドラの箱となろうとも。（開けると叫び声をあげて、ひどくうろたえる。）天よ！……　これは……　間違いない。我が妹レオノールだ……　これ以上の証拠があるか？……　これ以上ない明白な証拠と出くわした。もうすべてが明らかになった。瀕死の彼はドン・アルバロだ。この肖像画は私の北極星を示す羅針盤だ。この不埒な妹の肖像画……　俺は苦しい……　あいつと一緒にイタリアにいたのか？……　見つけたけれど狡賢く知らぬふりをする方がいい。我が運命がどれほどの幸運に変わることか、復讐と懲罰が一度にやって来て、息の根を止めるのだ！……　しかし……　ああ！……　我が名誉よ、天よ、侮辱された名誉よ、俺の心を焦らせるな。あの男の命は守るんだ、後で俺が命を奪えるように。（紙束と肖像画をトランクに戻す。騒がしい音がして、怪訝な表情になる。）

第九場

外科医がいたく上機嫌で登場。

外科医　褒美をせがみたいところですな。もう銃弾はとりました。（ドン・カルロスに見せる。）で、さほど深い傷ではありません。はじめの私の見立て通りですな。

ドン・カルロス　（思わず外科医を抱きしめて）本当ですか？……　お陰で僕はほっとしました。元気な大将の姿をどれだけ見たく思っているか。それはあなたの想像を超えた願いなのですからね。

第四幕

第一場

舞台はヴェレトリ。

軍の宿営所となっている小部屋。ドン・アルバロとドン・カルロス。

ドン・カルロス　今日であなたが元気になられてありがたいことに四十日ほどになりますが、お身体の具合はいかがですか？　すっかり治りましたか？　受けた傷はまだ痛みますか？すっかり元気になられて、気力も体力も前のように戻られましたか？

ドン・アルバロ　そのようになりました。今までにないくらい元気です。この劇的な回復はあなたの願いのお陰です。あなたは素晴らしい看護兵です。母親でさえ我が子に向けてこれほど細かい配慮を払うことも、これほど厚い情けをかけ心配をすることはありません。

ドン・カルロス　あなたのお命を救うことは私にとってはこの上ない重大事でした。

ドン・アルバロ　で、何をすればそれほどの熱意に報いることができましょうか？　私の罪深い命を救うのは決して善なる行いではなかったのですが、この胸に感謝の気持ちは永遠に消えず、感謝の深さを測ることもできないでしょう。

ドン・カルロス　そこまで元通りに元気になられたのであれば、どのような敵も有利に戦うことはできないでしょうね……

ドン・アルバロ　友よ、大尉の館でお世話になっていたので、さきほど退院許可となる快気証明書を軍本部に出してきたところです。

ドン・カルロス　本当ですか？

ドン・アルバロ　怒らないでください。今日、このような移動をすると昨日お伝えしてなかっただけです。こんなにもお心遣いをしてくださったので、反対されるのではと心配しましたが、本当に元気になったので、怠惰を貪るのは私にとって本意ではなかったのです。

ドン・カルロス　どこももう痛まないということは、胸にも頭にも、剣を取る腕にも、弱さのかけらもないのですか？

ドン・アルバロ　左様……　しかし、友よ、あなたはどこか苦しんでおられるところがあるように見える。もしかして私がここまで元気になったことがご不満か？

ドン・カルロス　とんでもない！　あなたが元気になって、行動を起こそうとなさるのを見ると、高貴な喜びで満たされて心臓が脈打ちます。ただ、望むらくは勇気を過信していないかどうか、ご自分の活力がふとした場合に……

ドン・アルバロ　証明してみせましょうか？

ドン・カルロス　（強く乞う態度で）是非とも。

ドン・アルバロ　明日に野外で偵察演習をしますが、そこで少々派手な銃撃演習を組み込みましょう。

ドン・カルロス　そうすれば証明できますな。強いあなたならいつでも戦えますから、もう一刻も無駄にする必要はない。

ドン・アルバロ　（怪訝な顔で）腑に落ちぬことが……

ドン・カルロス　オーストリア軍相手でなければ、あなたの元気を証明するに足る私憤を持つ敵などおらぬでしょう。

ドン・アルバロ　私憤を持つ敵とは？……　はて、おっしゃることが分かりかねる。

ドン・カルロス　私ではなく、良心がやむを得ず声を出しているのです。隠したところで無駄なこと……　あなたがうろたえるのも無理はない……　新大陸出身のドン・アルバロの手紙を受け取っていましたね。

ドン・アルバロ　（気が動転して）裏切り者め！……　汚いまねを！……　卑しい奴め、秘密を暴露したのか、私が弱い、分別のない死に損ないで……　不注意にも……

ドン・カルロス　何という不埒なことを考えておるのか？　手紙の封は切ってはおらぬ。名誉を持って生まれた者は私のように振る舞うものだ。卑しい女の肖像がお前の目の前にいる者の正気を失わせたのだ。言葉も介さずに、おのれと私の名誉回復を要求した。俺がドン・カルロス・デ・バルガスだ。お前の罪によって、今はカラトラーバ侯爵だ。畏れおののくがいい。俺はお前の目の前にいる。

ドン・アルバロ　畏れおののくことなどできぬ……　ただ驚いているだけだ、そう私は……

ドン・カルロス　怪訝には思わぬ。

ドン・アルバロ　謀で友情を手に入れるとは、それが名誉ある者のすることか、侯爵殿。

ドン・カルロス その名で呼ばれることをまだ潔しとしない。お前に死を与えてからだ、その称号を用いるのはな。
ドン・アルバロ 称号を引き継がずに死ぬことになるかも知れないぞ。
ドン・カルロス すぐに剣を交えるぞ。どこにする、屋内か外か。俺はどこでもいいぞ、怒りが……
ドン・アルバロ では、いざ、ドン・カルロス殿。俺はわざわざ決闘を求めたことはないが、求められたら別に断りはしない。しかし、待て。郷士を誇る者の魂にとって、勇気は怒りではないし、勇気は常に冷静な心で働くものだ。俺が死を求め、危険を望んでいることは知っていよう。しかし俺は貴殿とは違う振る舞いをすべきだ。説明をさせてくれないか……
ドン・カルロス 説明など時間の無駄だ。
ドン・アルバロ 理性とはいつも不吉なものだが、それを受け入れないのはおかしい。星辰のたぐいまれな作用によって我らは友人となったが、星辰が求めたことに反対するのはなぜなのか？ 我らが互いに尊重しあうことで適切な関係を結ばせようとしたのは、戦いあうためではない。違うんだ。おそらくは、俺の罪ではないが回避できなかった不幸を償うためだったんだ。

ドン・カルロス　敢えて思い出させたいのか？

ドン・アルバロ　貴殿の勇気が失せて、驚くだけになるのが怖いのか。敵に高貴さと誇りを見いだした後ではな。

ドン・カルロス　山師が貴族だというのか！　どこの馬の骨か分からぬ者が名誉を持つだと！　親なし苗字なし、風来坊で傲慢な奴め！

ドン・アルバロ　ああ、銃の暴発という偶然は、どんなに避けようとしても、貴殿の父君を巻き込んでしまった！……　同じ偶然の犠牲にならないで欲しい。無礼も侮辱も根拠がなければ真に受ける必要はないと思うからこそ、貴殿を黙らせようともせずに俺の右腕を遊ばせているのだ。もし謎めいた秘密を解き明かすことができていたら、おお……　どれほど違ったことになっていたか！……

ドン・カルロス　身構えろ。俺はどんな話題にでも耳を貸すような人間ではない。ただ復讐と流血を希求しているのだ。

ドン・アルバロ　流血だと？……　やむを得まい。

ドン・カルロス　もう決闘場へ行くぞ。

ドン・アルバロ　これ以上焦らさずに外へ出よう。（立ち止まって）しかし、ドン・カルロス殿……　ああ！　情のないことを理由に俺を疑っているのか？　違う、違う、俺をよく知っているはずだ。誇りというものが、理性的だと言われる人間の行動において主たるかつ強力な主体となるのだが、俺は今充分に誇りを持っていて、貴殿を包み込んでいる怒りを和らげることができるなら努力を惜しまないつもりだ。まずは麗しい友情を抱いた相手に剣を抜くのは大きな嫌悪を持っているから。俺は貴殿の父君を傷つけたが、傷つけたのは運命だったのだ。次に、俺はあの神々しい天使たる妹君を誘惑もしていないし、傷つけもしなかった。二人とも天から見てくれている。俺の無実を見ているだけでなくて、貴殿を慌てさせている前後不覚な狂気も弾劾しながら見ているぞ。

ドン・カルロス（頭が混乱して）じゃあ、俺の妹も？……　レオノールも？（お前と一緒にいないことの理由がようやく分かった。）でも、いつ亡くなったんだ？　おお、腹が立つ！

ドン・アルバロ　あの恐ろしい夜、彼女は意識がなくて息も絶えていたが、俺はある修道院へ連れて行こうとした。が、途中でオリーブ畑を出るところで、俺の忠実な召使いと貴殿の召使いの間でひどい争いがあって、俺は彼女を助けることができなかったんだ。三ヵ所に傷を受けて倒れた俺は血の気も失せて、意識もなかったのだが、黒人の忠実な召使いが——本当に残酷なまでに忠実だったが——素早くそこから俺を連れ出してくれた。ヘルベス〔セビーリャ県にある村〕で狂気の発作に苦しみながら長期療養を受け、ようやく回復した時に俺の唯一の幸せである彼女のその後が心配で調べ出した。しかし、そこで分かったことは、ああ神よ！　暗いオリーブ畑で死が

……

ドン・カルロス　（意を決して）もうよい、ぺらぺらと嘘八百並べる奴め！　それで貴族だと自慢するのか？……　こんなにも雑な、錯綜した筋を並べ立てて俺の心を静めようとするのか？そんな愚かな嘘はやめろ。忌まわしいあの日から、コルドバで叔母と一緒に妹は一年暮らしていたんだ。しかし二ヵ月前に俺が訪ねていったら、そこには居なくなっていた。しかし調べた限りでは、俺の姿を見て逃げたというのが確かなところだ。それで俺は探すことをやめた。俺はそこでお前がここにいると知って、お前を探す方が俺の関心事になったからだ。

ドン・アルバロ　（とても感激して）ドン・カルロス殿！……　主よ！……　友よ！……　ドン・フェリックス！……　ああ、この期に及んであれほど麗しい友情を取り結んだ名前を使うことを我慢してくれ！　ドン・フェリックス、俺は無実だ。また心乱れているのを見れば俺の無

実が明らかだと分かるだろう。ドン・フェリックス！……　ドン・フェリックス！……　ああ！……　彼女は生きているのか？……　生きているのか？……　おお、正しき神よ！

ドン・カルロス　生きている。それがお前にとって何の意味がある？　すぐにこの世からお前は消えてなくなるのだからな。

ドン・アルバロ　ドン・フェリックス、俺の友よ、いや違う。貴殿の妹君が生きているのなら、俺がうれしく思うのは当然だ。二人して彼女を探しに行こう。すぐに見つかるだろうし、聖なる結びつきの中でお互いに誓いあった友情を再度取り結ぼうではないか。おお！……　我が身は喜んで差し出す所存。貴殿は俺の高位にして純粋な生まれを知るに至ったら俺のことに不満はないと思うと誓ってもいい。最初のスペイン大貴族には階級ではかなわないが、俺の位階は太陽そのものの玉座よりも高いのだ。

ドン・カルロス　お前は、ドン・アルバロ、気でも狂ったのか？　何を血迷ってデタラメを言ってるんだ？　どんな企みを隠し持っているんだ？　俺をバカだと思っているのか？　二人の間には血の海が轟いているのだぞ……　俺が、父を殺して名誉を傷つけた者を弟と呼ぶことなどできようか？　おお、侮辱にもほどがあるぞ！　お前が国王であっても許せない。不埒な妹も生きているわけにはいかない。もちろん、お前の後に死んでもらう。これが俺の復讐の掟だ。もし俺がお前に殺されなかったら、俺はすぐに妹を捜しに行くだろう。お前の血を吸った同じ剣が胸を一突き……

ドン・アルバロ　黙れ、黙れ……　俺の前でそこまで言うのか？……

ドン・カルロス　誓って言うぞ、そうだ。誓って……

ドン・アルバロ　何をだ？……　続けろ。

ドン・カルロス　お前の息の根を止めたらすぐに性悪女の死だ。

ドン・アルバロ　ならば致し方ない、神よ！　俺には腕も剣もあるんだ。いざ……　彼女を死刑執行人から救うのが俺の願いだ。外へ出ろ。

ドン・カルロス　自分の墓場へ行くがいい。

ドン・アルバロ　天に許しを乞うがいい。

第二場

舞台上はヴェレトリの中央広場。両側に露店とカフェが並んでいる。中央には果物と野菜の店。奥には警備隊本部があり、歩哨が武器庫の前を移動しながら見張っている。将校たちがあちこちで集まっていて、土地の人々もいろいろな方向に歩いて舞台を移動している。中尉、准尉とペドラサが舞台の一方に集まり、将校一、二、三、四は互いに話し合っているが、話題は角に貼られた勅令のことで、衆目の関心を呼んでいる。

将校一　ナポリのカルロス国王は冗談でやっているんじゃない。本当に死刑なんだ。

将校二　何が死刑なんだ?

将校三　出たばかりの法令のことだ。あそこに張り出してあるよ、皆に知らしめるためにな、決闘についてだ。

将校二　ああ、確かに、ちょっと厳しいな。

将校三　あんなに勇敢で若い国王が名誉の戦いをやめさせようとあんなに厳格になるなんて俺には分からないな。

将校一　いや、誰も自分の得しか考えてないということさ。いつも決闘はスペイン人とナポリ人の間で起きて、ナポリ人の分が悪いからで、国王は結局はナポリの国王だってこと……

将校二　違う、それは法螺だ、だって今まで分が悪かったのがナポリ人とは限らない。カラチョーロ少佐のことを思い出せよ、将校二人の息の根を止めたじゃないか。

全員　あれは偶然だ。

将校一　確かなことは法令が厳しいってこと。戦いあったら死刑、立会人になったら死刑、手紙を届けたら死刑。知るかよ。だってな、最初に倒れた方が……

将校二　いや、さほど厳しくはない。

将校一　どうしてだ？　いいかい、各々方。もう一度読んでみよう。（皆が勅令を読むために移動するが、舞台上では他の者が先んじる。）

准尉　良い日だな！

中尉　素晴らしい。しかし日差しが痛いくらいだ。

ペドラサ　戦争をするにはうってつけの日和だ。

中尉　病み上がりの負傷者にはこれ以上はないな。俺は今日片腕の調子が完全に良くなったと感じる。

准尉　選抜近衛歩兵の勇敢な大将も完全に回復したようだ。早く元気になって良かった！

ペドラサ　もう退院許可は出たのか？

中尉　ああ、今朝な。何事もなかったかのように平然としてる。さっき見かけたんだが、並木道の方へ大親友の副官ドン・フェリックス・デ・アベンダーニャを連れて散歩に行くところだった。

准尉　まあ感謝していても不思議ではないな。野戦場から救い出した上に、入念で心を込めた看病で命まで救ったんだからな。

中尉　医師のペレス博士の腕にも感謝しなくちゃいけないよ、軍医の中では最高の外科医だと評判だからな。

准尉　失いたくないんだ、副官は。噂では、副官はえらく金持ちで気前が良くから、何か大きな贈り物をするらしい。

ペドラサ　かもしれん。同じ隊にいる軍曹がアンダルシア人なんだけど、そいつが言うには、ドン・フェリックスとかいう人物は仮の名前で、本当はセビーリャの侯爵とかで、すごい金持ちだそうだ。

全員　本当か？（爆音が聞こえ、全員がひしめきあって同じ方向を見る。）

中尉　おい！　あれは何の騒ぎだ？

准尉　さて……　きっと誰か囚人のことだろう。いや、何てことだ！　何を見ているんだ？

ペドラサ　あれは何だ？

中尉　夢でも見ているのか？……　選抜近衛歩兵の大将じゃないのか、逮捕されて連行されているのは？

全員　間違いない、勇敢なドン・ファドリーケだ。（全員が舞台上手の手前の書き割りに集まるが、そこから風紀担当大将と選抜歩兵四名が登場し、その中央に剣も帽子も取り上げられて逮捕されたドン・アルバロがいる。多くの者に付き添われて舞台を横切り、舞台奥にある警備館に入る。この間、舞台は人が入り乱れる。全員が部隊に戻るが、ペドラサだけは警備館に入って戻ってこない。）

中尉　しかし、一体、これはどうしたことだろう？　軍の中でも一番勇敢で、一番几帳面な軍人が逮捕されるとは？

准尉　確かに変なことだ。

中尉　調べてみよう……

准尉　ペドラサがいる、警備館から出てきたぞ、何か知っているだろう。おい、ペドラサ、何があったんだ？

ペドラサ　（勅令を指さすと、この四人の将校のところに人が集まってくる。）原因がどうしようもない。決闘だ……　法令を最初に破った者が出た。決闘は死刑。

全員　えっ！　相手は誰だ？

ペドラサ　不思議極まる事件なんだ！　決闘の相手はアベンダーニャ中佐。

全員　嘘だろう！……　友達じゃないか！

ペドラサ　剣の一突きで殺して、あそこの本部裏に死んだまま放っておいたんだ。

全員　死んだ！

ペドラサ　死んだんだ！

将校一　良かった、バカな奴だったんだから。

将校二　侮辱したんだろう。

中尉　まあ、諸君、これでまずいことになった！　あの法令が適用される最初の事例となるのかどうか、ひどく心配だ。

全員　恐ろしい！

准尉　血祭りにあげられるだろう。例外があるべきだ、あれほど勇敢で功績のある将校にはな。

ペドラサ　ええ、もう平然としていますよ。

中尉　エレーロス大将は軍では、ちゃんと理由もあって、崇拝の対象だ。俺は思うが、将軍も中佐も幹部は全員、スペイン人とナポリ人の区別なく、国王に直訴するだろう……　そして多分……

准尉　カルロス国王は頑固だから……　しかもこれが最初の事例で、公表したその日だからな……　絶望的だ。今夜にでも軍法会議が開かれるだろう、そして三日以内に銃殺だな。しかし決闘の原因は何だったんだ？

ペドラサ　分からん。何も言われなかった。大将は怒りっぽくて、その親友はちょっと口が悪いってとこかな。

将校一と四　おしゃべりだし、威張り屋だった。

准尉　カフェに近衛兵の将校が数人入っていった。きっと事の顛末を知っているだろう。あいつらと話しに行こう。

全員　ああ、行こう。

第三場

舞台上は警備隊のある将校の部屋。一方にベッドの板床とマットレス、中央に机と麦わら椅子数脚。舞台にドン・アルバロと大将が登場。

大将　最大の不幸だと判断するのはだな、戦友にして同僚よ、今日俺が囚人監査役の任務に就いていることだ。諦めてくれ、ドン・ファドリーケ。椅子に座ってくれ、頼む。(ドン・アルバロは座る。) 俺が監督に就いている限り、この部屋は監獄だと思うな……　しかし仕方がないのは、決められた命を受けているんでな、見張りを二人置かねばならない……

ドン・アルバロ　そこまでの心遣いに感謝いたします。すぐにでも命じられた通りに、その通りに執行してください。見張りもすぐに置いてください……　あなたの命令に服従しますが、それでも人と武器よりも名誉を重んじております……　おお、天よ！(大将は二人の見張りを置く。ひとりの兵士が灯りを持ってくると大将とドン・アルバロはテーブルの側に座る。)

ヴェレトリでは噂が広まっていますか？　あらゆるバカげた噂が広まることでしょうな、私の逆境に説明を付けようとして。

大将　ヴェレトリでは確かに他のことは話にのぼっていない。広場は貴殿に興味を持っている者で一杯だから、俺はここから離れるわけにはいかないが、何人かに話をしてみた……

ドン・アルバロ　では、何と言っていますか？　何を考えていますか？

大将　二人を結びつけていた深い友情を皆が覚えている、ドン・フェリックスとのな……　そしてあれほど深い関係にあった原因、皆が言うには……

ドン・アルバロ　分かりました。私は怪物、猛獣です。最も聖なる義務を欠いていました。前後不覚になって激怒した男を死に追いやった。しかも勇気と気高さのお陰で野戦で命を救ってくれたその恩人を、心からの付き添いと細心の注意のお陰で彼の自宅で療養もさせてくれたその恩人を、死に追いやった。愛しい兄弟として……　兄弟同然だった！　ひどい運命だ！　どうして兄弟なのか？……　そうなるはずだったんだ！　しかしそうならないために横たわって、大地に帰った……　しかし俺はまだ息をしている！　まだ大地は俺を支えるのか？……ああ！　俺は悲しい奴だ！（額を平手で打って、ひどい動揺を見せる。）

大将　失礼する、俺の愚かな知らせで……

ドン・アルバロ　彼を大事に思っていた……　ああ、真っ赤に焼けた鉄の手が俺の心臓を締め付ける！　俺は力が出ない……　おお、神よ！　何と勇敢で、何と高貴な心遣いで、銃弾の洪水の中に身を投げて、地に倒れている俺を見つけて、死から俺を救ってくれた！　どれほどの熱意と優しい言葉で俺の枕元で夜も昼も幾日過ごしてくれたのか！（間をおいて）

大将　そんな心づくしも侮辱したことできっと帳消しにしてしまったのだ。少し居丈高だところがある奴だったし、怒りっぽいし、軽率なところもあった。貴殿のような男が……

ドン・アルバロ　いいや、戦友よ。彼について今言われたことはすべて嘘だ。威厳のある貴族で、崇高な思想も持っていた。充分な理由を持って決闘を挑んできたんだし、俺も故あって彼を殺めた。そうだ、まだ生きていても、もう一度外へ出て戦うだろう、彼は私が死ぬことを望んでいたし、俺は彼を殺すように努めた。この世に彼か俺かどちらかだけ、二人とも生きているのは不可能だったんだ。

大将　心を落ち着けて、ドン・ファドリーケ殿。貴殿はまだ受けた高貴なる傷から完治しているわけではないし、また具合が悪くなるやも知れぬ。

ドン・アルバロ　どうして野戦で俺は無事でなかったのか？　名誉も朽ち果てていただろうが、

今は、おお、神よ！　死を希う。だが、すぐにそうなるだろう……　しかし、どのようにして？　恐ろしい断頭台で、掟を破ったが故に、恐怖か嘲笑の的になるか。

大将　何を言う？……　そのような厳しい極端なお沙汰にはなっていない。まだ決闘にならざるをえなかった状況があるかも知れぬし、そうすれば……

ドン・アルバロ　いいえ、そんなことはない。俺は人殺し、罪人だ。

大将　しかし、こちらの理解では——隊の副官が報告したことですが——将軍たちは中佐たちの同意を得て、時を移さずに国王のもとへ馳せ参じ、おみ足にひれ伏すとのこと。国王は厳格ではあるが、心根は優しいので、願いは……

ドン・アルバロ　（深く心を動かして）本当ですか？　心から感謝いたします。上官殿に関心をもっていただけて大変名誉に思いますが、同時に当惑も感じるのです。しかし、どうしてそれほど優秀な軍人方が俺のために賢明なる勅令の例外とすべく努力されるのか？　極めて正しい法令に俺は最初に背いた者であるにも拘わらず。俺を素早く処罰することで有益な模範としていただきたい。死こそ我が運命、死だ。俺は死を受けるに相応しいのだ。俺にとって人生は厭うべき拷問なのだから。しかし、何と不幸な俺、幸運には恵まれない！　俺が望んでいる死はいかなるものか？　名誉もなくなった罪人として断頭台で命を落とすのか！　天よ！

第四場

同じ登場人物と軍曹。

軍曹　大将殿……

大将　何の用だ？

軍曹　長官が……

大将　すぐ行く。

退場。

第五場

ドン・アルバロ　レオノール！　レオノールよ！　もし生きているなら、不幸な女よ、おお、何という打撃が待ち受けていることか。静かに隠居しているところに届く残酷な知らせ。同じ手が、俺の、ああ、悲しい！　俺の手が、あなたから父親と喜びを奪った同じ手が、あなたから今度は兄を奪ったのだ！　いや、あなたは、そうだ、敵から解放されたのだ。我が愛を胸に受け入れた罪で追いかけてくる獰猛な死刑執行人から解放されたのだ。今やその胸の中で愛が崩れ、壊れるのを見て、動悸に震え、復讐することで、死刑執行人と同じ腕で、自ら地獄へ堕ちるのを切望していたのだが、それからも救われたのだ。元気を出せ、そうだ、元気を出すんだ、もう途方もない怒りから自由の身になったのだ！（間をおいて）俺は悲しい！　あなたは生きていたのに、俺はあなたから離れて死を求め、我が不幸は悔しくも手だてなしと判断していた。しかしあなたは生きていて、我が天よ！　未だ慰めの一瞬を待っている。で、俺は何を待つ？　不幸な！　俺が流したのではない血の川が二人の間を蛇行していた。しかし今や俺の腕は広大な海の中で自分を取り戻した。今こそ呪う時だ、不吉な時を。セビーリャの荘厳な寺院であなたを初めて見たあの時を。神の玉座が光り輝く天球から舞い降りた天使かと見まがったあの時を！　俺は一瞬にして幸せな未来を想像したが、黄金の塔を突風が通り抜けるように、幸せはあっという間に逃げ去った。まるで秋には朝の光で柔らかい雲を作る巨大な白銀の山々と輝く枝葉の間をすり抜けるように。（間をおいて）しかしそんな漠然とした空間など、夢の中にしか出てこないような地域など、どこにあるのか？　俺は何を待っているのか？　わずか数時間の後に、世俗的で、空しくも、誤ったレオノールへの愛情から遠く離れて、俺は神の厳しい審判を受けに行くのだろう。（間をおいて）俺の両親は？……　不幸な俺の両親はまだある城の過酷な牢獄に閉じ込められている……　俺の手柄や賞賛を頼りに、家系の名前と輝きを取り戻し、哀れな家を再興することを考えているが、俺を待っているのはただ罪人としての不名誉な死だけだ。（悔しい気持ちを噛み締める。）

第六場

ドン・アルバロと大将

大将　やあ、戦友にして同僚よ！……

ドン・アルバロ　何か新しい知らせはありますか？　いつまでに軍法会議は招集されるのですか？

大将　今夜すぐに大急ぎで招集されるはずだという噂だ。カルロス国王はひどく、ひどく頑なになっている。

ドン・アルバロ　勇敢な兵士です！　偉大な国王です！

大将　せめて頑固で厳しくなければいいのだが、誰も、誰も国王を説得することができない。

ドン・アルバロ　王たちにおいては弱さは信用の下落です。

大将　今日ヴェレトリにいる総監や将軍たちは全員そろって謁見を所望し、多くの美点を持つ男のために法令を廃棄するように懇願しようとしたんだが……　すべては功を奏さなかった。

カルロス国王は岩よりも頑固できっぱりと廃棄はしないと言った。法令に従うようにと、そして今夜にも軍法会議は閉会するように命じたのだ。しかしまだ希望は残っている。失敗したのはもしかすると……

ドン・アルバロ　法には従うもの。手だてはありません。何をしても不正となるでしょう。

大将　しかしこんな厳しい、おかしな、暴力的な処罰はないだろう！……

ドン・アルバロ　死を、キリスト教徒として、死を受け入れます。怖くはありません。神がそうお望みになっていたのです、名誉と永遠の名声と共に、野戦の地で。しかし今は侮辱を得て不名誉な断頭台で死をお与えになる……　慎ましく死を待ちます……　今すぐにでも。

大将　多分そうはならないだろう……　まだ様子を見て……　騒ぎが大きくなるかも知れない……　軍は貴殿を崇拝している……　騒ぎは留まるところがなく、おそらくは騒乱となるのでは……

ドン・アルバロ　もういい！……　何をおっしゃっているのですか？　軍人の栄誉を持つ者はそのような考えをするものですか？　軍隊が規律を欠くかも知れず、私が反乱に乗じて首を守れるかも知れないと思いますか？……　いいえ、絶対にありません。決して、決して私を理由にそのような混乱が起きてはなりません。

大将　掟とは残酷で恐ろしいものだ！

ドン・アルバロ　私はとても正しいと思います。無理やり回避しようとするのは職権乱用でしょう……（太鼓の音と銃声二発が聞こえる。）

大将　何だ？

ドン・アルバロ　聞こえましたか？

大将　混乱が始まったか。

大きな騒音、銃声、混乱、大砲の砲声が聞こえ、幕が降りるまで大きくなっていく。

第七場

同じ登場人物と軍曹。軍曹がとても慌てて登場する。

軍曹　ドイツ人です！　敵はヴェレトリに来ていたのです！　不意を打たれました！

舞台裏の声　武器を取れ！　武器を取れ！（将校が一瞬登場し、騒ぎが大きくなると再び抜いた剣を持って退場。）

大将　ドン・ファドリーケ、逃げろ。もう貴殿を守ることはできぬ。通りには我が軍と帝国軍が乱れて歩いている。国王の宮殿には火が放たれた。びっくりするような混乱が起きている。さあ、部下たちよ、勇気ある者として前進するか、スペイン人として死ぬかだ。

大将、見張り役、軍曹が退場。

第八場

ドン・アルバロ　剣をよこせ。死へ向けて飛んでいくぞ。生きることが我が運命ならば、そしてこのような騒乱の中で生きることが叶わぬなら、永遠なる神よ、あなたに心からの誓願を立てます。現世を放棄して、砂漠で我が人生を終えると。

第五幕

舞台はロス・アンヘレス修道院とその周辺。

第一場

舞台上にはロス・アンヘレス修道院の内部が見えているが、オレンジや夾竹桃や、ジャスミンの木がある中庭を取り囲むうらぶれた回廊にならざるをえない。下手に玄関扉に続く門衛室、上手には階段がある。大道具は、続く場面が背後に用意されているために、簡素にしておく必要がある。管区長神父が登場して、舞台中央まで厳かに進み、聖務日課書に目をやりながら読んでいる。メリトン修道士は外套を羽織らず腕まくりして、大きなしゃもじで大鍋からスープを取り分けている。その周りには老人、片足の男、片腕の男、女など、玄関扉に集まるように蠢く貧者の一団がいる。

メリトン修道士　さあ、静かにして順番を守るんだ。ここは一膳飯屋じゃないんだからな。

女　神父さん、あたいに、あたいに！
老人　マリーカ、一体何杯欲しいんだ？
片足の男　もう三杯ももらった後だぞ、こりゃあ普通じゃない……
メリトン修道士　もう止めろ、そして厚かましいことを言うな。頭が痛いよ。
片腕の男　マリーカは三杯もらっている。
女　いや、四杯目ももらうさ、だって六人もガキがいるんだからね。
メリトン修道士　で、どうして六人もガキがいるんだ？　魂の問題だな。
女　だって神様が授けてくれたんだからさ。
メリトン修道士　そう、神様、神様だよ……　夜を俺のように過ごしていたら、そうはなっていないよ、ロザリオの祈りを唱えて自分に鞭打ってたらな。
管区長神父　（威厳を持って）メリトン修道士！　メリトン修道士！……　何ということだ。
メリトン修道士　神父様、この恵まれない者たちの強欲はもう驚くほどでして……
片足の男　俺にくれ、メリトン神父、外に麻痺で動けないお袋がいるんだ。
メリトン修道士　よう！……　今日はあの婆も来たのか？　じゃあ、全員そろってるな。

管区長神父　メリトン修道士！

女　あたいは四杯もらうよ。

片腕の男　俺が先だ。

老人　わしじゃ。

全員　こっち、こっち……

メリトン修道士　とっとと帰れよ、せめて順番を守ってくれ……　しゃもじでこんなことして何になるんだろう？

管区長神父　慈善、修道士よ、慈善の心をお持ちなさい、あれらは神の子供なのだから。

メリトン修道士　（うんざりして）やるよ、だから帰るんだ……

女　ラファエル神父がギローパ〔ジャガイモ入りの肉料理〕をくれてた頃は、もっとちゃんとしてくれてたし、神様への気持ちがもっと入ってた。

メリトン修道士　じゃあ、ラファエル神父を呼びな……　こいつらの相手は一週間でさえできなかった人だがな。

老人　修道士さん、残飯をもう少しもらえんか？

メリトン修道士　悪党め！……　神の恵みを残飯だと？

管区長神父　慈善の心と忍耐ですぞ、メリトン修道士。貧者は苦労しているのですからね。

メリトン修道士　いとも尊いあの方がこいつらとやり合うのを一度やそこら、いや何度でも見てみたいものですよ。

片足の男　ラファエル神父なら……

メリトン修道士　ラファエル神父の話はもう止めろ……　で……　残ったものでもくらえ。（残りを取り分け、鍋を足で蹴って転がす。）外で食べるんだぞ。

女　ラファエル神父にここへ来てもらえないかね、子供にミサの時の言葉をかけてやって欲しいんだ、マラリアなんだよ……

メリトン修道士　明日、子供を連れてきな、ラファエル神父がミサに出てくる時にな。

片足の男　ラファエル神父に村まで来て、連れの怪我を治して欲しいんだ、転けちゃってさ……

メリトン修道士　今は奇跡を起こすご時世じゃない。明日また、明日の朝に、涼しいうちにな。

片腕の男　ラファエル神父に……

メリトン修道士　（逆上して）えええい、もう、出て行け……　外へ出ろ……　どうしようもない奴らはどうしてこうも友を呼ぶんだ！　畜生め、出て行け！（しゃもじで貧者たちを追い払って扉を閉め、その後でひどく苦しみ、疲れた様子で、管区長神父のいる所へ戻る。）

第二場

管区長神父とメリトン修道士

メリトン修道士　もう我慢の限界です、神父様。

管区長神父　私はね、メリトン修道士、神様は我々に充分な忍耐心をお与えくださっていないのだと思います。貧者たちに神様がお与えくださったものを施すことで天使がなされるであろう行いを果たしているのだとお考えなさい。

メリトン修道士　私は三日でいいから天使に代わってもらいたいですよ……　平手打ちをくら

わす度にもしかして……

管区長神父　嘘を言ってはいけません。

メリトン修道士　本当のことですよ。私は喜んでそうしているのです、まあこれは関係ありませんがね。本当に神様のお陰ですよ。貧者に食べ物を与えるために、我々には余るほど食べ物をくださっているのですから。しかし彼らには牙を向ける必要があります。彼らはすごく狡いことをします……　身体が麻痺している者やご老人にはいつでも喜んで、さほど腹が減っていない日には私の分まで、分け与えますよ。でもね、素手で城を壊すこともできる田舎者はね、働きに行けばいいんですよ。中には横柄な奴もいます……　神の恵みを残飯と呼ぶこともあります……　それに私にはいつもふくれっ面して、ラファエル神父の名前を出す。前はもっとくれてたとか、しっかりしろよ、次はこっちだとか、慈悲深いならこっちを向いてくれ、急いでないならもう一回くれ。でもいいですか、祝福されたラファエル神父は一週間で貧者とギローパに飽きて、独房へ引きこもったせいで、ここにメリトン修道士がいることになったんです。もちろん、ここのバカ者たちがなぜ私のこと悪く言うのか分かりません。だって、ラファエル神父にも自尊心もあれば、感情が爆発したり、憂鬱になる時もあります、皆と同じですよ。

管区長神父　もういい、修道士、もういい。ラファエル神父は祭壇の世話をして聖歌隊に入って、お布施の配分のことは理解できなかったし、これが古参の聖職者の仕事ではなくて、門衛の領分だということも分からなかった……　お分かりかな？……　メリトン修道士、もっと謙虚になりなさい。そして自分を責めないことです。ラファエル神父と比べられてもね。彼は我々皆が見習うべき神の僕なのですから。

メリトン修道士　私はラファエル神父と比べられても自分を責めたりしていません。申し上げたいことは、彼にも気難しいところがあるということです。私には優しくしてくれていますが、神父様、もう話すのは止めておきましょう。しかし、彼は時々どこかへ出かけますし、自分の額を平手で叩いたり……　独り言を言っては、精霊を見たかのような仕草をしてみせたりします。

管区長神父　悔い改める苦行をしているのか、断食をしているのか……

メリトン修道士　とても不思議なところがたくさんあるんです。先日も畑のところで何かを掘り起こしていましたが、顔色が悪くて必死の形相だったので、冗談で「まるでムラート〔黒人と白人の混血〕みたいですね」と言ったら、こちらを睨みつけて、拳を握り、私に向けて振り下ろさんがばかりに、拳を高くあげたのです。しかし自制して、頭巾を被って姿を消しました。つまり、急いでそこから立ち去ったのです。

管区長神父　なるほど。

メリトン修道士　この前も、オルナチュエロスへ村長のお手伝いに行った日のことです。鐘楼に雷が落ちて、嵐が猛り狂っていたあの日、土砂降りの雨も、山も震わせるような雷も気にせずに彼が出かけるのを見て、勇敢なインディオが岩場に居るようですねと冗談を言ったら、怒号をあげたので、こちらが困惑しました……あまりにも変なかたちで修道院へ来られたので、誰も彼に会いに来ることもなく、我々は彼がどこで生まれたのかも知らない……

管区長神父　修道士、軽率な判断をしてはなりませんよ。それだけでは別に何でもありませんし、ここへラファエル神父が姿を現した様も言うほど変なことではありません。慈悲深い神父が、パルマから来られた方ですが、セビーリャ街道近くのエスカローナにある小楢林の中で彼がひどく傷ついて倒れているところを見つけたのです。きっと追いはぎにでも襲われたのでしょう、あのような場所には必ずいますからね。で、修道院へ連れてこられたのですが、ここで神が彼の資質を見込んで、聖職者の肩衣をまとうように仕向けたところ、健康が回復したらすぐにそれが本当のことになったのです。それから早いものでもう四年になりますかな。これは別に変わったことではありませんよ。

メリトン修道士　ええ、それはそうです……　しかし、実際に、彼を見るといつも思い出すことがあります。いとも尊いあの方が何度もお話しくださったことで、食事室でも読み上げられたこともありました。悪魔が我らのフランシスコ会の聖職者となって、ある修道院に数ヵ月もいたという話しです。で、私にはラファエル神父が何かそのようなものであるように思われて……　突然かんしゃくを起こしますし、力も強く、あの目つき……

管区長神父　その話は確かです、メリトン君。我らの会の記録にもそう書いてあるし、我らの古文書館にも記録は保管されています……　しかし、こうした奇跡はめったに起こることではない上に、あの驚異が起きた修道院の門衛は予めすべてを教える啓示を受けていました。そして私はね、メリトン君、今までそのような啓示を受けてはいません。ですから、落ち着きなさい、そしてラファエル神父を疑うという誘惑に陥ってはいけません。

メリトン修道士　私は何も疑っていません。

管区長神父　はっきりと言っておきますが、私は何も啓示を受けていませんよ。

メリトン修道士　分かりました。そうすると……　でも、ラファエル神父には変なことがたくさんあります。

管区長神父　この世に幻滅したり、多くの苦難を経験すると……　その後で引きこもって生きたり、悔い改める行為を繰り返したり……（玄関扉の呼び鈴が鳴る。）誰が来たのか見に行きなさい。

メリトン修道士　また貧者が来たのかな？　ならばもう鍋はきれいに空だけど……（呼び鈴が再び鳴る。）お布施でもないよな。今日はもう受け付け終了したし、もう終わったけどな……（呼び鈴が再び鳴る。）

管区長神父　開けてやりなさい、修道士、扉を開けるのです。（退場。俗人が玄関扉を開ける。）

第三場

メリトン修道士とドン・アルフォンソ。ドン・アルフォンソは行者のような格好をして、顔を隠して登場。

ドン・アルフォンソ　（とても不作法な振る舞いで、顔も隠したままで）この日が来ることをただ待ち続けてもう白髪だらけだ。お前はもしかして門衛か？

メリトン修道士　（傍白）この人は頭が悪いな。（大きな声で）私が扉を開けたのですから当然そうですし、今は門衛をしておりますが、失礼なことはお止めください。私は鐘楼を任されるような聖人の誉れ高い者ですから。

ドン・アルフォンソ　ラファエル神父はいるか？　俺は奴と会わねばならぬのだ。

メリトン修道士　（傍白）またラファエル神父か！　腹が立ってきた。

ドン・アルフォンソ　早く返事をしろ。

メリトン修道士　（怖くなって）ただいま。ラファエル神父と言いますと……　二人おります。どちらの方とお話しされますか？

ドン・アルフォンソ　（激高して）俺にとってはな、百人いてもいいんだ。ラファエル神父だ……

メリトン修道士　太った方ですか？　ポルクーナ〔ハエン県にある村の名前〕出身の？　ならば何にも耳をかす

ことはないでしょう、だってまったく耳が聞こえませんからね、それに前の冬から手足も不自由になってベッドで寝たきりです。九十歳になられました。もう一人は……

ドン・アルフォンソ　地獄から来た奴だ。

メリトン修道士　やっと誰のことか分かりましたよ。背が高くて、無愛想で、色黒で、鋭い目つきで、顔は全体に……

ドン・アルフォンソ　じゃあ、奴の独房へ連れて行け。

メリトン修道士　まず知らせてきます。だって、お祈りの最中でしたら、邪魔するのは良くありません……　で……　どなた様と伝えましょうか？……

ドン・アルフォンソ　一人の貴族だと伝えろ。

メリトン修道士（ゆっくりとした足取りで階段の方へ移動しながら、傍白）何てこった！……　変な顔つきだし！　俺は不安でたまらないが、嫌な予感がする……

ドン・アルフォンソ（とてもいらいらして）ぐずぐずするな。早く階段を昇れ。

修道士は驚いて階段を昇り、彼の背後をドン・アルフォンソが追って、二人退場。

第四場

舞台上はフランシスコ会士の独房。一方に壇があり、その前にゴザが敷かれている。粗末な食器棚には水差しとグラス数点。本棚に書物数冊。版画の宗教画、改悛に使う短い鞭と苦行衣が壁に掛かっている。粗末な礼拝場所が用意してあり、テーブルには頭蓋骨が置いてある。ドン・アルバロはフランシスコ会士の服装をして、跪いたまま深い瞑想に入って祈りの最中である。

メリトン修道士 （舞台裏で）神父様！　神父様！

ドン・アルバロ （立ち上がりながら）何のご用ですか？　お入りください、メリトン修道士。

メリトン修道士 神父様、あなたを探してやくざ者が来ております。（独房に入る。）すごく頑固者のようです。

ドン・アルバロ （怪訝な様子で）メリトン修道士、一体誰ですか？　私を探しに来る方とは？

……お名前は？……

メリトン修道士 存じません。とても偉そうで、自分では貴族だと申しておりますが、私にはチンピラにしか思えません。身なりはとても立派で、アンダルシア産の駄馬に乗って来ています。しかし人柄はすごくさもしくて、とても厳しい口調で話します。

ドン・アルバロ　どなたであれ、すぐにお通しください。

メリトン修道士　改悛した罪人ではありません。（傍白）一目見たら、縮み上がってしまうだろうに。（退場）

第五場

ドン・アルバロ　一体、誰なのだろうか？……　思い当たらぬ。この四年の間、世の欺瞞から逃れ、人里離れて、この衣服に身を包んで暮らしてきたが、誰も私の心を乱す者はいなかった。そして今日、横柄な貴族が私の独房に近づいて来るとはどういうことだ？　リマ〔ペルーの首都〕からの知らせを持ってくるのだろうか？　聖なる神よ！……　何ということを思い出してしまったのか？

第六場

ドン・アルバロとドン・アルフォンソ。ドン・アルフォンソは顔を隠したまま登場して、すぐに独房を見つけ、中に入って内側から扉を閉め、掛けがねをおろす。

ドン・アルフォンソ　誰だか分かるか？

ドン・アルバロ　いいえ、分かりません。

ドン・アルフォンソ　俺の立ち居振る舞いに何か思い当たるところはないのか？　かつての時代とかつての悪事を思い起こさせるようなところが。お前の胸は脈打ち、お前の血は凍てつき、お前の臆病な心はひれ伏して、取り乱しはしないのか？　俺の姿を前にしても……　それとも、ひょっとして、お前の後悔がそれほどにも心底からの本物であって、それほどにも大きいものであるのか？　だからラファエル神父はもはや何も覚えていないのか？　あのインディアスから来たドン・アルバロのことも、この世であれほどにも名を馳せた一族を何度も苦ししたことも。お前は震えて目を背けるのか？　目をあげて、さあ、俺をよく見ろ。（隠していた顔を見せて、全貌を現す。）

ドン・アルバロ　おお、神よ！　何という光景だ！……　我が神よ！　我が目は私をからかっているのか？　あのカラトラーバ侯爵の生き写しのお姿を私は今、目の前にしている。

ドン・アルフォンソ　もうよい、すべて白状したな。兄上と父上の敵を取れと高貴な血が声高に俺に求めている。五年もの間、長々と旅を続け、お前を探すために世界の隅々まで渡り歩いた。すべては無駄だったが、天は望まなかったのだ、ある怪物が、ある人殺しが、ある女たらしが、ある下劣な野郎がしでかした残忍な所行が罰を受けずに済まされることをな。天は思いもしなかった偶然によって、お前が我が激怒から逃れられると判断した隠れ家までお教えくださったのだ。丸腰のお前を殺せば我が家系に傷が付くだろう。お前は勇敢だった。まだ決闘するにも充分なほど頑丈な身体をしている。武器は持っていないのだな、分かっている。俺は同じ剣を二つ携えてきた。これだ。（隠くしていた荷物を見せて、剣を二つ引き出す。）好きな方を選ぶがいい。

ドン・アルバロ　（とても落ち着いて、しかし威厳を失わず）分かった、若造、充分にな。言い分には驚かぬ、私もそなたの熱望を知り抜いてこの世で生きてきたからだ。今この場でそなたの胸にたぎる無駄なる思いに私も振り回されてきた。主が私をお許しくだされればいいのだが。自分の情熱の犠牲となって、それがもたらすすべての結果をよく心得ているし、剣を交えた相手が死に至ったことにもお悔やみを申し上げる。しかしそなたの心がどれだけ荒れ狂っているかを見ていると、そなたはまるで出航して嵐にあったが、奇跡によって岸にたどり着いた難破船のようだと思う。そなたはもはや二度と出港することはない。見ての通り、こんなボロをまとい、極貧の独房にいる。神がそなたのために私を連れて来られたのだが、この人里離れた土地にいても、そなたには偽善と映って心安らかではなく、唇をどれだけ動かして説明してもそなたには何も聞こえない。私の犯した罪は、ああ辛い、あまりにも大きいが、ここで神に慈悲を乞う。どうかそれだけは認めてくれ。

ドン・アルフォンソ　認めるだと？……　誰がだ？　この俺がか？　俺の素手の中で燃えるこの剣でお前の不純な血が流れるのを見る前にか？　この独房も、無人の地も、そのボロ服も、その頭巾も、卑しい偽善者を守りはしないし、下劣な臆病者を守りはしない。

ドン・アルバロ　何を言うのか？……　ああ！……（怒りを抑えようとして）ダメだ、我が神よ！喉のところで舌がもつれる……　主よ……　聖なるお助けを願って我に力を与え給え！（怒りを抑えて）そなたの辱が発する侮辱も威嚇も、私には威力を持たないし、何の力もない。昔は、騎士として、私は罵詈雑言に復讐することができた。今日、しがない聖職者として、あれらの罵詈雑言に許しを与え、免罪とする。だから今の私がいかなる身分にいるかを、そしてもしそなたが聡明なら、私が今自分と闘っていることを理解して、そなたの不正なる執拗さを和らげてくれ。この聖服に免じて、私の苦悶を哀れみ、受けたと誤解している侮辱を許すという寛大さを見せてくれ。

ドン・アルフォンソ　（感情を込めて）そうだよ、兄弟、兄弟よ！

ドン・アルバロ　何という名前で厚かましくも俺を呼ぶのか？……

ドン・アルバロ　ああ！

ドン・アルフォンソ　俺のたった一人の妹をお前は弄んで傷物にした……　おお、許せない！

ドン・アルバロ　私のレオノール！　ああ！　しかし傷物にはしていない。聖職に就いた者が誓って言うのだ。（うわ言のように）レオノール……　ああ！　私の存在すべてを使い果たした女性！　今でもこの胸に……　いつまでも、そう、そうだ……　まだ情熱は冷めていない……でも、まだ何が残っているというんだ？　そなたは彼女のその後を知っているのか？……彼女は私を愛していたと言ってくれ、そうした後で私を殺してくれ。そう言ってくれ……　おお、神よ！　そなたは生来の品格から（うろたえて）彼女を援助するのは嫌か？　またしても私が勝ってしまえば地獄落ちは確実で、我が魂は深い溝の中で朽ち果てるのか？　お慈悲を！……　そなたは、現し身か幻影か分からぬが、もしかすると罪深い私の苦悶をいや増しにして破滅へ追いやる誘惑者なのか？……　我が神よ！

ドン・アルフォンソ　（きっぱりと）この二つの剣から一つを取れ、ドン・アルバロ、早く。お前の下劣な臆病心が俺の激高に待ったをかけようとしても無駄なことだ。手に取れ……

ドン・アルバロ　（後ずさりしながら）いやだ、まだ世俗の情熱との闘いを避けるに充分な力を神が至高なる善と共に私に与えてくださっている。ああ！　我が改悛も我が涙も、千々に乱れる我が言葉もそなたの怒りを和らげるに充分でないとしたら、もし我が慎ましき後悔もそなたの怒りに慈悲を添えないならば、（跪いて）この通り、そなたのおみ足をいただこう、今まで誰にもしたことはないことだ。

ドン・アルフォンソ　（蔑んで）貴族はそのような辱めを誰にもしない。お前の素性がその態度を見ればはっきりと分かるし、そなたの紋章には汚いシミが付いている。

ドン・アルバロ　（激高して立ち上がり）シミだと？……　どれだ？……　どこだ？

ドン・アルフォンソ　びっくりしたか?

ドン・アルバロ　私の紋章は太陽のようにきれいなままだ、太陽のように。

ドン・アルフォンソ　どこかの区画がムラートの血で曇ってはいないのか?　混血した、不純な血のせいでな。

ドン・アルバロ　(正気を失って) おのれ、嘘、嘘つきめ、下郎!　剣に物言わせるぞ。我が怒りが (二つの剣の一つの束頭をつかんで) 我が清き家柄を侮辱したその舌を引き抜いてみせてくれよう。いざ。

ドン・アルフォンソ　いざ。

ドン・アルバロ　(自制心を働かせて) 待て……　忍耐という戦略をもてば地獄の勝利にはならぬ。お帰りください、お願いだ。

ドン・アルフォンソ　(怒りに震えながら) 俺をからかっているのか、性悪野郎?　卑怯にも俺との闘いを避ける言い訳をしても、俺の復讐する心は許さないぞ。お前の辱めで俺には充分だ。くらえ。(ドン・アルバロに平手打ちをくわせる。)

ドン・アルバロ　(感情が高ぶり、すべての力を取り戻して) 何をする?……　分別を持て!　もはや決闘の宣言をしたも同然。死を、死をもって報いる時が来た。地獄よ、私を間違った道へ導くがいい。

双方が争いながら退場。

第七場

舞台上は第五幕始めの場面と同じ修道院の中庭。メリトン修道士が一方から、階段を降りて登場。ドン・アルバロとマントで顔を隠したドン・アルフォンソが大急ぎで登場。

メリトン修道士 （行く手を阻むようにして）一体どちらへ？

ドン・アルバロ （恐ろしい声で）玄関を開けよ。

メリトン修道士 午後は雨模様ですよ。ひどい嵐になりそうです。

ドン・アルバロ 玄関を開けよ。

メリトン修道士　（玄関扉へ移動しながら）ひぇえ！　今日は特に荒れてますね。ただいま……お供しましょうか？　農場に危篤の病人でもいるんですか？

ドン・アルバロ　扉を、早く。

メリトン修道士　（玄関扉を開けて）オルナチュエロスへでも行かれるんですか？

ドン・アルバロ　（ドン・アルフォンソと一緒に）行き先は地獄だ！

メリトン修道士はきょとんとしている。

第八場

メリトン修道士　地獄へですか！……　お気を付けて！　参考までに、今日来たあの人も地獄から来たと言ってたな。ぎょっ、何という顔つきだ！……　もしかしてと思っていたことが本当にならなきゃいいけどな。どこへ行くのか後をつけてみよう。（玄関扉に近づいて、仰天したように言う。）我が偉大なる神父、聖フランシスコ様、お助けを！……　山の方へ行った、地に足をつけるのももどかしいほどに、岩から岩へ飛び移った。足下から離れない子犬のように、子馬が二人の後を追っている。しっ……　お堂のある崖の方へ二人が向かっている。（玄関扉から顔を出して、必死になって声をあげる。）おーい！……　お二人！……　おーい！……　お聞きください！　崖の所へは近づいちゃいけませんよ。破門されますよ、神の罰が下りますよ。（舞台へ戻って）聞こえない、大声を出しても無駄だ。悪魔たちだ、間違いない。あの悔悛者ときっと出会うだろう。神父様、ラファエル神父様！……　悪い考えは当たるもんだ。玄関扉に閂をかけておこう……　だって、ひどく怖いんだから。（玄関扉を閉める。）二人はかすかに硫黄の匂いを残していった……　鐘を鳴らしに行こう。（一方から退場し、すぐに別の所からひどく恐れている様子で再び登場。）修道院長様にお伝えする方が良さそうだ。今回は、後から何と言われようと、管区長神父よりも俗人が天啓を受けたのだと心得よ。（退場）

第九場

舞台上は険しい岩山に取り囲まれ、雑草に覆われた空き地で小川が横切っている。険しいが何とか近づける大岩が奥にあり、その上にさほど大きくない洞窟が礼拝堂のような造りになっていて、開閉できる扉と中から鳴らすことができる鐘がある。空は嵐の日の日没時を示しており、舞台が徐々に暗くなるにつれて、雷鳴の轟きと稲妻の閃光が強くなる。ドン・アルバロとドン・アルフォンソが一方から登場。

ドン・アルフォンソ　これ以上は進めないな。

ドン・アルバロ　そうだな、この岩山の囲いの裏でなら誰にも見られずに俺たちの戦いに決着をつけられるぞ。この場所に足を踏み入れるとは大きな罪を犯しているが、今日は罪深い日だし、皆が心配もするはずだ。二人の内の一人の墓穴がこの瞬間に口を開けつつあるのだ。

ドン・アルフォンソ　では時間を無駄にせず、刃にものを言わせよう。

ドン・アルバロ　いざ、しかしその前に大きな秘密をお前に打ち明けるべきだと思う。と言うのも、我らの内の一人が死ぬのは必定だから、もし俺が倒れたら、この危急存亡の時に一体誰に死を与えたのかを知っておいてもらわねばならぬ、それが重要なことかも知れぬからだ。

ドン・アルフォンソ　お前の秘密など知らぬわけではない。俺の立てた最良の計画はこうだ、我が血脈に煮えたぎる復讐の渇望を満たすためにな。お前に致命的な傷を負わせた後で、とてつもない知らせをくれてやる、思いもつかなった楽しい知らせ、あまりにも幸福な結末についてのことだ。墓の入口でそれを知って、胸が張り裂けても、もはや救う手だてはないし、すべてが無駄である時に、驚くべき結末を見せてやろう、お前が犯した数々の悪事に相応しい結末をな。

ドン・アルバロ　何ということだ、亡霊か悪魔が人間の姿をして、俺を地獄へ落とすために、俺の息の根を止めるために……　何を知っているというのか？……

ドン・アルフォンソ　俺は新世界を渡り歩いた……　震えているのか？　俺はリマから駆けつけたのだ……　これで充分だ。

ドン・アルバロ　いや、そんなことはない。俺の正体を知ることなど不可能なのだ。

ドン・アルフォンソ　スペインに王位継承をもたらした混乱と戦争、騒動と不幸に乗じて、あの偽の副王が立てた計画はこうだ。副王領を帝国に戻すべく、かつてアンデス山脈から南の海まで統治した皇帝だったインカの王族の、その血を引く最後の継承者たる女と結婚して、副王が自ら皇帝になろうと目論んだ。そしてその息子がお前だ。お前の父親の悪巧みは発覚し、その野心はくい止められた。その時お前は母親の腹の中でかなり大きくなっていた。お前の父親は妻を連れて二人して山へ逃げ、野蛮なインディオと混じって、裏切りと反逆の冒涜的な軍旗を掲げた。運命は味方せず、リマの監獄へ連行された。そこでお前は生まれたのだ……（ドン・アルバロは憤りと驚きの極みに達する。）おい……　話し終えるまで待て。フェリペ国王陛下が勝利を収め、陛下の余りある仁徳のお陰で、お前の両親は処刑されるすんでのところで命拾いをし、不名誉な死刑執行を免れて終身刑の身になった。お前はインディオたちの間で育ち、猛獣になるような教育を受け、年端もいかぬ頃にスペインへ渡ってきて、金と恩恵にものを言わせて、裏切り者の両親のために全赦免を求めた。しかし叶わず、お前の目的はただ卑怯な殺人、残酷な誘拐と変わり、俺に殺されることになったのだ。

ドン・アルバロ　（悔しがって）それが正しいかどうか、今すぐ試そうじゃないか。

ドン・アルフォンソ　話にはまだ続きがある、焦るんじゃない、何てことだ、毒を喰らわば皿までだ。もしもだ、俺がお前に命を取られる、それが運命ならば、お前の不実な胸に生き地獄を味わわせるあらゆることを残してやるのだ。国王陛下は慈悲深くもお前の両親を許すことにされた。もう自由の身になって名誉も尊厳も取り戻している。恩恵はお前の叔父にも及び、身に余る贔屓を得ている。こうしてお前の親族は一生懸命になってお前を捜しているのだ、跡継ぎが欲しくてな。

ドン・アルバロ　話しすぎたようだが……　どうすればいいのか、おお天よ……　お前が話した知らせがもしも確かならば、もしも本当ならば……（ほろりとして心乱れて）すべては報われる！　レオノールがここに居たら、何もかも。俺の血筋の高貴なることが分かったか？……分かったのか？……

ドン・アルフォンソ　目が眩んでお前が戯言を言っているのを見るのは実に楽しい。報いとは何のことだ？……　世の愛も栄光も尊厳もお前にはない……　この人里離れた土地へお前を連れてきた信仰の不変なる誓願のために、イタリアでの不名誉な死刑執行を逃れた脱走兵の身体を包む頭巾と粗末な服のために、お前には何もできないのだ。聞くがいい（雷鳴が轟く）、天がお前に憤慨して轟かせている雷鳴を……　今日という日の午後、俺は何から何まで首尾よくいった。お前の中に美しく輝く太陽のような炎を見いだしたが、そのすぐ後に一吹きで消し去ってやった。

ドン・アルバロ　（再び激怒して）お前は地獄から来た怪物か、残虐さの奇才か？
ドン・アルフォンソ　俺は復讐の術を知っている恨み深い男だ。復讐を完成させるために言っておくが、お前は貴族だなどと自惚れるんじゃない……　お前は混血児、裏切りの末に実った果実だ……
ドン・アルバロ　（絶望の淵に至って）止めろ。死と絶滅を！　二人に死を！　俺はすぐにでも自害できる、お前の凶悪な血を飲んで慰めとしたらすぐにでも。（剣を取って戦うが、ドン・アルフォンソが傷ついて倒れる。）
ドン・アルフォンソ　すぐに仕留めたな……　我が神よ！　告解を！　俺はキリスト教徒だ……　俺を許してくれ……　我が魂を救い給え……
ドン・アルバロ　（剣を捨てて石のように動かない。）天よ！……　我が神よ！　ロス・アンヘレスの聖母よ！……　我が手は血で赤く染まった……　バルガス家の血に！……
ドン・アルフォンソ　告解を！　告解を！……　自分の罪は心得ているし後悔もしている……　我が魂を救ってくれ、お前は主の僕なのだから……
ドン・アルバロ　（怯えて）できない、俺は神に見放された者、悪魔に捕らえられた不幸な者にすぎない！　俺の冒涜の言葉はお前が地獄で受ける永遠の責め苦を増やすだけだろう。俺は血に染まった者、聖務を行えない者だ……　神に慈悲をお願いするんだ……　そして待つこと……　この近くに改悛している聖人がいるんだ……　お前の罪を赦免できるだろう……　しかし彼のお堂に近づくことは禁止されている……　それがどうした？　俺はもう縁を切ったんだ、すべての義務を汚したんだ……

ドン・アルフォンソ　ああ！　後生だ、後生だ！……

ドン・アルバロ　よし、呼びに行こう……　今すぐに

ドン・アルフォンソ　急いでくれ、神父さん……　我が神よ！（ドン・アルバロは礼拝堂まで走っていき、扉を叩く。）

ドニャ・レオノール　（舞台裏から）畏れを知らずにこの扉を叩くのは誰ですか？　この聖域を敬いなさい。

ドン・アルバロ　修道士、一人の魂を救わねば、瀕死の人を救わねばなりません。出てきて終油の秘蹟を授けてください。

ドニャ・レオノール　（舞台裏から）不可能です、できません。お引き取りください。

ドン・アルバロ　修道士、神の愛故に。

ドニャ・レオノール　（舞台裏から）ダメです、ダメ。お帰りください。

ドン・アルバロ　どうしてもしていただかねばなりません。早く。（強く扉を叩く。）

ドニャ・レオノール　（舞台裏から、鐘を鳴らしながら）お助けください！　お助けください！

第十場

前場と同じ人物に、ドニャ・レオノールがだぶだぶの外套に身を包み、髪を振り乱し、顔色が悪く、顔を歪めて、洞窟の扉の所に姿を見せる。遠くに修道院の鐘が繰り返し鳴るのが聞こえる。

ドニャ・レオノール　畏れを知らぬ者、離れなさい。天の怒りを恐れなさい。

ドン・アルバロ　（怖がって、後ずさりしながら岩山を下りつつ）女だ！……　天よ！……　この声は？　幽霊なのか！……　慈しんだ姿！……　レオノール！　レオノール！

ドン・アルフォンソ　（上体を起こそうとして）レオノールだと！　何がこの耳に聞こえたのか？　我が妹よ！……

ドニャ・レオノール　（ドン・アルバロの背後を走り抜けて）我が神よ！　ドン・アルバロ様？……　声に覚えがあるわ……　あの方です……　ドン・アルバロ様！

ドン・アルフォンソ　おお、熱情よ！……　妹だ……　ここに誘惑した者と一緒にいたのか！……　偽善者たちめ！……　レオノール！

ドニャ・レオノール　天よ！　また心当たりのある声！……　しかし何を目の当たりにしているの？（急いでドン・アルフォンソがいるところへ向かう。）

ドン・アルフォンソ　お前の不幸な家族の生き残りだ！

ドニャ・レオノール　（急いで自分の兄を腕に抱えて）お兄様！……　アルフォンソ兄さん！

ドン・アルフォンソ　（力を振り絞って短剣を抜き、レオノールに瀕死の傷を与える。）いいか、悲惨な出来事の原因よ、お前の不名誉の褒美を受け取れ……　報復して俺は死ぬ。（死ぬ。）

ドン・アルバロ　不憫な者よ！……　何をしたのだ？……　レオノール！……　君だったのか？……　こんなに僕の近くに居たのか？……　ああ！（彼女の体に身を重ねる。）まだ息がある……　まだ心臓が動いている、私のすべてよ……　我が命の天使……　生きてくれ、生きるんだ、愛している……　やっと見つけた……　そうだとも、見つけたと思ったら……　死んでいる！（動かないでじっとしている。）

最終場

しばらく沈黙の後、雷鳴が今まで以上に強く轟き、稲妻の閃光が強まり、遠くにミゼレーレの歌声が聞こえ、歌っている者たちがゆっくりと近づいてくる。

舞台裏の声　ここだ、ここだ。何と恐ろしい！（ドン・アルバロは我に返り、すぐに岩山の方へ逃れる。）

管区長神父が登場、一緒に登場した修道院の者たちは驚いたまま。）

管区長神父　我が神よ！……　血だらけだ！……　死体がある！……　改悛の女性だ！

修道院の聖職者たち　女だって！……　天よ！

管区長神父　ラファエル神父！

ドン・アルバロ　（岩場から悪魔のように微笑み、全身を引き攣らせて言う。）無駄だ、愚か者、ラファエル神父などいない……　俺は地獄からの使者、滅びの悪魔だ……　逃げろ、哀れな者たちよ！

全員　イエス様！　イエス様！

ドン・アルバロ　地獄よ、その口を開けよ、そして俺を飲み込め！　天は沈むがいい、人類は滅びればいい、絶滅だ、破壊だ！……　（岩山の一番高いところへ昇って、谷間へ身を投げる。）

管区長神父と修道院の聖職者たち　（恐れおののいて、皆がそれぞれの仕草を取りながら）お慈悲を、主よ！　お慈悲を！

（幕）

リバス公爵とロマン主義――あとがきに代えて

一八三五年三月二二日の夜、スペインの首都マドリードのプリンシペ劇場（現在のスペイン劇場）で初演され、スペインにおけるロマン主義の勝利を決定的にしたとされる戯曲が、ここに訳出したリバス公爵の『ドン・アルバロ　あるいは　運命の力』（以後、『ドン・アルバロ』と略記）である。ヴィクトル・ユゴーの『エルナニ』にも喩えられ、賛否両論の論争を引き起こした記念碑的な作品であり、文学史的にも重要極まりない作品である。これほどの作品が生まれてくるまでには、当然のことながら、それなりの背景がある。まずはそれを探っておこう。

ロマン主義以前のスペイン演劇は、セルバンテスやロペ・デ・ベガが活躍していた一七世紀の黄金時代とは打って変わって、ラシーヌを筆頭とするフランス古典悲劇の圧倒的な影響下にあった。理性的ではあっても理屈くさいモノローグに終始し、場面転換も少なく、筋の展開もスピーディーではなかった。三一致の法則のような規則にがんじがらめになって硬直化していた演劇は、おそらくはスペイン人の気質には向いてなかったのであろう。しかし、カルロス二世が世継ぎを残さずに亡くなったことが原因で、その王位をめぐって起きたスペイン継承戦争（一七〇一～一四年）の結果、スペインの玉座についたフェリペ五世がブルボン家の血統であったために、以来スペインはフランスに牛耳られた属国のような国に成り下がってしまう。政治的な意図の下に、スペインにはフランスの文物が流入し、フランスは最高だという自虐的な流行現象に苦しみ、親フランス派と反フランス派に分裂しながらも、何とかスペインはフランス文化の消化吸収に努める。しかし、時はすでに一八世紀後半に入っていた。スペインが範と仰いでいたフランスは驚天動地のフランス革命に喘ぎ、その混乱に乗じてナポレオンが台頭してくる。海の向こうではアメリカ合衆国がイギリスから独立して、植民地が主権国家として対等の立場になる。昨日まで下にいた者が同等の権利を主張してくるのである。これは天と地がひっくり返ったような世界なのだということを、現代の我々は充分に認識する必要があるだろう。

さて、ナポレオンの進軍は止まるところを知らず、スペインにも侵略の手を伸ばしてくる。フランス軍とスペイン軍によるマドリードの攻防は、ゴヤの絵画《五月二日》、《五月三日》に活写されて今に伝わる歴史資料となった。結局、スペインは敗北を喫し、ナポレオンの兄ジョゼフがスペイン王ホセ一世となって、フェルナンド七世の玉座を奪う。とは言え、ナポレオンの野望がその後に潰えたことは歴史を知る者にとっては言うまでもないことであろう。しかしより問題なのはその戦後処理である。「会議は踊る」と揶揄されたウィーン会議は新しい時代の到来を認知できずに、ナポレオン以前の時代へ戻ろうとする。世に言うウィーン体制である。スペインもまったく同じ状況を迎える。ナポレオンに退位させられたフェルナンド七世が復位すると、保守反動政治を繰り広げ、自由主義的な知識人を圧迫し始める。折しも、難を逃れてカディスにあったスペイン政府がフランス軍に包囲されながら制定した憲法は、立憲君主制、主権在民、三権分立や男子に限られるが普通選挙を謳った、当時としては非常に斬新で、進取の気象に満ちたものであった。一八一二年のことなので「一二年憲法」と呼ばれたり、制定された都市カディスを冠して

「カディス憲法」と呼ばれたりもするが、復位したフェルナンド七世にすぐさま無効とされてしまう。今では文学全集に入っていて手軽に全文を読むことができるが、なるほどあれはフィクションだったのかと考えると合点がいく。しかし、新しい時代は確実に到来していたのである。もちろん、旧体制の支配層は新しい思想を危険と見なして、自由主義的な知識人を弾圧する。こうして、命の危険を感じた知識人は亡命して祖国を離れた。空洞化したスペインは旧体制を謳歌しようとするが時代は既に動き出していた。身分制社会が崩壊していたにも拘わらず、貴族層は当然のことのように既得権にしがみつくが、その結果として、さらなる驚天動地に遭遇していることに気付かない。それは何かと言えば、中南米にスペインが長らく保持していた植民地の独立である。

ブラジルを除く中南米のほぼ全土は、コロンブスのアメリカ大陸到達以降、スペインの植民地であった。ドイツから始まったロマン主義が内包していた自由主義とナショナリズムの影響を受けて、フランス領に変わっていたハイチが一八〇四年に中南米では最初に独立を成し遂げると、全土に独立の気運が高まっていく。一八一一年にパラグアイが、一六年にアルゼンチンが、一八年にチリが、そして一九年には後に統合と再独立を繰り返すことになるがベネズエラとコロンビアが独立を果たす。この動きは次に中米そして北米へと繋がっていき、二一年にはエクアドル（二二年とする記述もある）、コスタリカ、ニカラグア、エルサルバドル、ホンジュラス、グアテマラ、メキシコが独立し、やや遅れてボリビアが二五年に、ウルグアイが二八年に独立すると、かつてのスペインの植民地はほぼ全土が独立したことになる。驚くべきことは、これがハイチの独立から数えて二四年間で完遂したことである。四半世紀という短い期間に、キューバやフィリピンを残していたとは言え、スペインは植民地帝国からほとんど丸裸の状態に置かれてしまったのである。この大転換にも拘わらず、既得権に胡座をかいた支配者層の意識は変わらなかった。時は一八三三年、保守反動政治を繰り広げ、知識人を圧迫したフェルナンド七世が亡くなると、外地にいて祖国を憂い、危機感を抱いていた知識人たちが恩赦を得て、次々と帰国を果たす。その時に持ち帰った思想が、文芸に止まらず、政治にも深く影響を及ぼしていたロマン主義だった。スペインへは遅れてもたらされたロマン主義だったが、こうした激動の時代を背景にして、流布するのは瞬く間だった。ロマン主義演劇の代表作と目されるリバス公爵の『ドン・アルバロ』が初演されたのは、フェルナンド七世死去のわずか二年後である。

こうした激動の時代を生き抜いた『ドン・アルバロ』の著者はどのような人生をたどったのであろうか。次に、彼の生涯を振り返っておこう。リバス公爵ことアンヘル・デ・サアベドラは一七九一年三月一〇日にコルドバで生を受けた。父も母もスペインの大貴族《グランデサ》という高貴な家柄に生まれた彼は、幼少期の教育をフランス人から受けている。フランス革命を逃れてスペインへ移住した亡命フランス人から、読み書きに加えて、地理、歴史、絵画、そしてフランス語を教わった。一八〇〇年、九歳だった時に、家族がマドリードに移り住み、学校教育を受ける中で文学に目覚め、同時に絵画への興味も深めていく。当時の貴族の子弟にしてみると当然のことだが、次にすべきこととして彼は軍隊へ入る。ところが、そこで文学への興味を分かち合える友人に恵まれて、文芸雑誌を発行し、早くもそこに初期詩編を発表している。スペインでは独立戦争と呼ばれる対ナポレオン戦争で実際に戦いに参加して重傷を負ったために退役した後は、カディス、セビーリャ、コルドバと居を移しながら、一八世紀風の古典的な詩を書き続けた。つまり、リバス公爵はまずは詩人として出発していること、そして未だに古典的な作風であったことを見逃してはならない。処女詩集を一八一四年に出版し、二〇年に増補版が出ている。ちょうどこの頃から演劇にも筆を染め出して、最初に書いた戯曲『アタウルフォ』(一八一四年)は検閲に引っかかって上演されなかったが、二年後に書いた『アリスタール』はセビーリャで上演されて大成功を収めている。以後、戯曲を多く発表するが、なべてフランス風の古典悲劇に終始していた。

彼にとって転機となるのは、短期間だがパリを訪れて、亡命していた知識人アルカラ・ガリアーノという知己を得たことであろう。この友人の影響を受けて、政治へも関心を深め、作家活動を続けてはいたが、一八二一年にコルドバ選出の下院議員となる。彼の古典悲劇の最高傑作とされる『ラヌーサ』(一八二二年)が書かれたのもこの時期であった。ところが、翌一八二三年、フェルナンド七世の統治に反対票を投じたために死刑を宣告されて、亡命生活を強いられることになる。まずはジブラルタルへ逃げ、そこからイギリスへ向かう。ロンドンには自由主義者のスペイン人が多く亡命していたからだが、そこでアルカラ・ガリアーノとの再会を果たし、同郷の知識人との出会いがあり、スペイン語教師としての職も得たのだが、ロンドンの気候が身体に合わず、温暖な気候のマルタ島へ移る。地中海に浮かぶその島が、当時はイギリス領だったことから、かつて在スペイン・イギリス大使だった外交官ジョン・フッカム＝フリーアがそこに住んでいた。スペイン語にもスペイン文学にも精通していた元大使との出会いから、リバス公爵はシェイクスピアやバイロン、ウォールター・スコットの作品を知り、同時にスペインの古典文学へも目を開かされた。ロマン主義へ傾倒していくリバス公爵に決定的な役割を果たしたのがこの人物である。マルタ島には五年ほど過ごしたが、彼の九人の子供のうち、三人がここで生まれている。読書と執筆と絵画制作に専念できたマルタ島時代がもっとも平穏で充実した時期であり、かつロマン主義への傾倒が明確になった時期でもある。ここで書き始めた長編詩『モーロの棄児』は次の亡命先で完成することになる。一八三〇年に居をフランスへ移したリバス公爵は、パリ、オルレアン、トゥールと転々としながらも執筆活動は不断に続けていたようである。『ドン・アルバロ』の第一稿は最後の居住地トゥールで仕上げている。それを旧友のアルカラ・ガリアーノが、『カルメン』で名高い小説家プロスパー・メリメに預け、メリメにフランス語に訳してもらって、パリで舞台にかけられるように手はずを整えていたようだが、実現には至らなかった。

フェルナンド七世が亡くなってから帰国した多くの知識人と同様に、リバス公爵も帰国を果たすが、『ドン・アルバロ』で一躍、注目を集めると、政治の世界へ復帰して要職を歴任するようになる。しかし、政界では現実とぶつかって思うように事を進められなかったのであろう。徐々に穏健派へ変わっていき、『ドン・アルバロ』初演から五年後、最終的に政治家を辞める。セビーリャに居を定め、文学的には最も実り豊かな時期を迎える。『アルフアールのモーロ女』（四一年）、『忠誠の坩堝』（四二年）、後年の最重要作品となる『ある夢からの覚醒』（四四年）などの戯曲を発表している。時に、一八世紀風の喜劇を書いたりもしているが、詩集『歴史ロマンセ』（四一年）をまとめたりして、四四年に王立言語アカデミアに迎えられた。

晩年のリバス公爵はどんどんと保守的な姿勢をとるようになり、政治の世界とは決別したにも拘わらず、またしても要職を押しつけられていく。ナポリついでフランスでスペイン大使として活躍し、彼自身も外交官の仕事を楽しんだようである。健康上の理由で六〇年に再び政界を離れると、王立言語アカデミアの会長に選ばれ、イサベル二世の治世に金羊毛勲章を授与された。長い闘病生活の末、一八六五年六月二二日、マドリードで亡くなったが、享年は七四歳であった。

さて、『ドン・アルバロ』はもちろんリバス公爵の代表作だが、どうもロマン主義の演劇は総じて現代人には高く評価されていないようである。『ドン・アルバロ』もその例に漏れない。わざとらしい設定に必然性のない出来事が起こり続け、登場人物は情緒過多で叫んでばかりいる。『ドン・アルバロ』でも感嘆符の多さには目を見張る。そのくせ、短絡的な行動をとって、また後から後悔に苦しむことになる。とどのつまりがリアリティーを感じさせないというわけだ。確かに現代人の目にはそのように映っても致し方ない。しかし、今から一八〇〇年も以前の作品には、今とはまったく違う当時の状況を重ね合わせて見る必要がある。例えば、レオノールの父であるカラトラーバ侯爵の館は、第一幕五場のト書きによると、「十八世紀風だが、どれもこれも壊れかかっている」。身分制社会の崩壊と軌を一にする貴族の没落がこのト書きの中にさりげなく盛り込まれているのである。カラトラーバ侯爵とはスペインの大貴族であり、絶大なる富と権力を欲しいままにしていた。その貴族が壊れかかった館に住んでいるというのは、とりもなおさず時代が変わったことを象徴的に表現している。また、主人公のドン・アルバロはスペインの貴族を父とし、母は南米ペルーのインカ帝国の皇女という設定になっているが、どちらも高貴な身分であるにも拘わらず、混血であることが双方から拒絶される存在となる。これは植民地時代からスペインに根強くある「血の純粋」を誇りとする排他思想であって、文学の中で「インディアーノ」と呼ばれる登場人物は「謎の人物」として忌み嫌われる存在であった。新大陸アメリカへ一攫千金を夢見て渡り、大金持ちになってイベリア半島へ戻ってきたスペイン人もインディアーノと呼ばれたし、アメリカで生まれたスペイン系白人、いわゆるクリオーリョさえもスペインではインディアーノと呼ばれた。インディオとの混血はメスティーソ、黒人との混血はムラートと呼ばれたが、彼らはインディアーノ以下の存在と見なされていた。第一幕三場で一言の台詞も口にしないで登場するドン・アルバロは、前の場面でいろいろと取りざたされているが、まさに謎の人物であることを如実に示しているし、そんなドン・アルバロが第五幕六場でドン・アルフォンソから「紋章の汚れ」をからかわれると、「私の紋章は太陽のようにきれいなままだ」と反論し、さらに「どこかの区画がムラートの血で曇ってはいないのか？　混血した、不純な血のせいでな」と理不尽な蔑みを受けると、激高して剣を抜こうとする。こうした反論や敵対する態度に、当時の観客は中南米諸国が次々と独立を勝ち取っていった現実を重ね合わせていたことは想像に難くない。つまり、当時の観客にとってはすべてが「現実味《リアリティー》」を持っていたのである。ここまで見てくると、カラトラーバ侯爵が娘レオノールをドン・アルバロから引き離して、二人の恋路の邪魔をしようとしたのもある程度は理解できるし、駆け落ちする夜にレオノールが見せた過度な躊躇も優柔不断さも分かるような気がしてくる。

先に激動の時代背景を探った時に述べたように、誰も想像だにしなかったことが現実に起きてしまう時代を生きている者にしてみると、ソフォクレスの『オイディプス王』を代表とするギリシア悲劇から連綿と続く悲劇の歴史の中で、最も重要な要素である悲劇的運命の内的必然性よりも、外から唐突で暴力的に介入してくる「事件」の方が身近にある現実であった。一九世紀末から二〇世紀前半に独自の反語的表現を駆使した文芸評論家アソリン（一八七三～一九六七）は、第一幕八場でドン・アルバロが投げたピストルが暴発しなかったらどうなっていただろうかと疑問を投げかけたが、この事件は初演当時の観客にはさほど不自然には映らなかったであろう。むしろそれ以上に、暴発してしまったという運の悪さに時代特有の憂いを見抜いてしまったのだとさえ言いうる。いずれにしても、この偶発的な事件を契機にして、ドン・

アルバロとレオノールの悲劇的運命は、周囲を巻き込んで一気に動き出すのである。

リバス公爵の生涯を見ても分かるように、彼は決してロマン主義的な作品だけを書いたのではない。フランス古典悲劇風の悲劇も書いているし、通奏低音のようにスペインに深く根付いた文学的伝統であるロマンセという物語詩も多く書いている。黄金世紀と呼ばれる一六・一七世紀のスペイン古典文学の素養も深い。第二幕でレオノールが人里離れた庵で誰とも会わず、悔恨の生涯を送ろうとしたのも、カトリック両王時代の伝説を模倣しているし、第五幕でドン・アルバロが修道院に身を寄せているが、時折恐ろしい形相になるのを周囲が証言しているという状況も、ロペ・デ・ベガの『悪魔の神父』やルイス・ベルモンテ＝ベルムーデスの『説教者となった悪魔』として戯曲化されている、スペインに広く流布した伝説を下敷きにしているのは明らかである。第三幕三場のドン・アルバロの長いモノローグは、スペイン・バロック演劇の最高傑作と目されるカルデロンの『人生は夢』の主人公セヒスムンドのモノローグをモデルにしているし、第一幕冒頭でジプシー娘プレシオシーリャが出てくる場面はセルバンテスの『模範小説集』所収の短編小説「ジプシー娘」を彷彿とさせる。そして、スペイン文学には風俗を写実的に活写する「風俗写生主義《コストゥンブリスモ》」という伝統がある。『ドン・アルバロ』でリバス公爵がそれぞれの場面で多くの人物を登場させながら、同時に詳細に風俗を描いているのもこの伝統に沿っていると言うことができる。さらには、三幕と四幕は上演時から百年ほど前に起きたオーストリア継承戦争を背景にしていて、四幕のラストシーンは一七四四年八月に起きた歴史的出来事である。さまざまな側面を有する『ドン・アルバロ』は、ロマン主義の作品であるだけでなく、ある意味でリバス公爵の文学的素養の集大成と見ることもできるのである。

これまで『ドン・アルバロ』をめぐる批評は衝撃的な言葉に彩られてきた。曰く、「一夜にしてスペインをロマン主義の国にした」とか、「一一日間連続上演された」等々がある。思うに、ロマン主義を扱うと批評までロマン主義的になってしまうのであろうか。しかしながら、最近ではかなり表現も緩和されてきた。研究書としては異例の売れ行きを見せて、四版まで重ねたリカルド・ナバス＝ルイスの『スペインのロマン主義』（一九七〇年）では、『ドン・アルバロ』は「ロマン主義の扉を開けた」くらいの表現に抑えられている。「一一日間連続上演」にしても、フランス人研究者ルネ・アンディオックの実証的な研究によって部分修正されている。とは言え、怒号と拍手喝采の中で幕を下ろした『ドン・アルバロ』は少なくともスペインでのロマン主義是非論争を引き起こしたし、以後ロマン主義的な作品が優勢を占めるようになったことも事実である。

最後に、「リゴレット」、「椿姫」、「アイーダ」、「オテロ」などのオペラで有名な一九世紀イタリアの作曲家ジュゼッペ・ヴェルディ（一八一三～一九〇一）が、リバス公爵の『ドン・アルバロ』を原作としてオペラ「運命の力」を書いたことは周知の事実である。このオペラはほぼ原作をなぞった筋になっているのだが、ヴェルディは後年に結末を書き直してしまった。これはあまり知られていないことであろう。書き直された結末ではドン・アルバロは自殺せずに救われる設定に変わっている。スペイン後期ロマン主義演劇の傑作とされるホセ・ソリーリャの『ドン・フアン・テノーリオ』と同様である。一七世紀スペインが世に色事師ドン・フアンという主人公を生み出したのだが、その最初の作品『セビーリャの色事師と石の招客』ではドン・フアンは業火に焼かれて死んでしまう。しかし、先のソリーリャの戯曲ではドン・フアンは恋人と手に手を取って天国へ昇っていく。いわば、救われる罪人を描くことになる。おそらくは全員が死んでしまうという結末を時代が望んでいないことをソリーリャもヴェルディも鋭く察知したということであろう。もうひとつ、『ドン・アルバロ』をめぐって興味深いエピソードがある。トゥールで脱稿された第一稿がメリメに託されたことは既に述べたが、メリメがその原稿を利用して『煉獄の魂』を書いたのではないかとする説がある。まだ周辺の事実関係に不明なことが多いので、確かなことは分からないが、もしこの説が正しいと証明されたならば、『ドン・アルバロ』の第一稿と最終稿を比較することが可能となり、いつの日にか興味尽きぬ生成研究が世に出るかも知れないのである。今後の研究の進展を楽しみにして待ちたいと思う。

＊＊＊

翻訳にはカテドラ社のイスパニア文学叢書を底本とした。参照した他の校訂版や英語訳を含めて以下に編年的に記しておく。

Rivas, Duque de.: *Don Álvaro o la fuerza del sino*, ed. Alberto Sánchez, Madrid, Cátedra, 1975.

Rivas, Duque de.: *Don Álvaro o la fuerza del sino*, ed. Ricardo Navas Ruiz, Madrid, Espasa - Calpe, 1975.

Rivas, Duque de.: *Don Álvaro o la fuerza del sino*, ed. Ana Navarro y Josefina Ribalta, Madrid, Anaya, 1986.

Rivas, Duque de.: *Don Álvaro o la fuerza del sino*, ed. Miguel Ángel Lama, Barcelona, Crítica, 1994.

Rivas, Duque de.: *Don Álvaro o la fuerza del sino*, ed. Rafael Balbín, Madrid, Castalia, 1995.
Rivas, Duque de.: *Don Álvaro, or the Force of Fate*, Trans. by Robert M. Fedorchek, Wasington, D.C., The Catholic University of America Press, 2005.
Rivas, Duque de.: *Don Álvaro o la fuerza del sino*, ed. Carlos Ruiz Silva, Madrid, Espasa-Calpe, 2013.

翻訳の底本には作品に先立って、リバス公爵から友人のアルカラ・ガリアーノへ宛てた献辞があるが、それはここには訳出していない。また、戯曲自体は韻文と散文の混合体で書かれているが、歌の歌詞を除いて、すべて散文訳に統一したことをお断りしておく。思うに、韻文訳は労多くして益少なしと判断したからである。

私事で恐縮だが、まだ研究の方向が定まらずに迷っていた学部の学生時代に、後期ロマン主義の詩人グスターボ・アドルフォ・ベッケルから始めて、ロマン主義演劇の代表作をよく読んでいた。だから、当時の友人たちは僕がロマン主義を専門分野にするのだと確信していたと思う。しかし、スペイン文学はいつの時代にも演劇が一番盛んなジャンルになることに気付いてから、その出発点になる黄金世紀、しかもその中心的作家であるロペ・デ・ベガを研究することがスペイン文学の本質を解明することに繋がると思って、ロマン主義を専門にすることを辞めたという経緯が僕にはある。その後は専門的に研究し始めたロペ・デ・ベガだけでなく、彼と激しく敵対していたセルバンテスにも興味を広げたので、今回僕がロマン主義演劇の代表作であるリバス公爵の『ドン・アルバロ』を訳すことになって、納得してくれる友人もいるだろうし、また専門分野を変えたのかと訝しがる友人もいることだろう。僕にとっては二重のパースペクティヴを持って、自身の歩みをたどる作業となったので、ひと味違う経験となった。懐かしく思い出すこともあれば、以前には気付いていなかったことを新たに発見することもあり、知的にはかなり興奮する作業でもあったので、翻訳しながらも横道に入ることが多く、少々楽しみすぎたことが翻訳完成が遅れたことに繋がっているように思う。反省することしきりである。しかし、まだ他にも続く仕事があるので、この翻訳は新たな出発点と位置づけて、次に臨みたいと思う。

今回もコレクションの責任者である畏友、寺尾隆吉氏（フェリス女子大学教授）には心労を強いる結果となってしまった。ひとえに訳者に原因があるが、依頼された他の仕事も早く仕上げることをここに約束して、お詫びに代えたいと思う。いつものことだが、現代企画室の太田昌国氏には原稿の初期段階から最後の仕上げに至るまで有益な指摘を多く頂戴したことに心からの感謝の意を表したい。また編集部の小倉裕介氏にも手を煩わせたことにお礼を申し上げたい。最後に、出版助成を認めて下さったスペイン文化省にも感謝すると共に翻訳出版の遅れに対してお詫びする次第である。

稲本健二

【著者紹介】

リバス公爵アンヘル・デ・サアベドラ　Duque de Rivas, Ángel de Saavedra（1791－1865）

スペインの作家。詩と戯曲を中心としながら、評論にも筆を染めた。絵心もあり、一時は軍人となったが実戦で負傷し退役。貴族の出自から政治の世界へかり出されることになり、外交官として活躍もした。19世紀スペインにおける最も重要な文人のひとり。フェルナンド七世（在位1808年、1814～33年）の保守反動政治から逃れるために自ら亡命し、イギリス、マルタ島、フランスを転々とした。こうした亡命地でロマン主義の息吹に触れたことが、帰国後に『ドン・アルバロ　あるいは　運命の力』（1835年）というスペイン・ロマン主義演劇の傑作を生み出すことに結実する。晩年に政界を引退してから、王立言語アカデミアの会長に就任するまでになったが、74歳の時にマドリードで没した。代表作は先に挙げた戯曲の他に、未だ古典悲劇的な戯曲『ラヌーサ』や長編詩『モーロの棄児』などがある。

【訳者紹介】

稲本健二（いなもと・けんじ）

1955年生まれ。大阪外国語大学（現大阪大学外国語学部）大学院修士課程修了。同志社大学グローバル地域文化学部教授。スペイン文学専攻。マドリード・コンプルテンセ大学およびアルカラ・デ・エナーレス大学で在外研究。文献学、書誌学、古文書学を駆使して、セルバンテスやロペ・デ・ベガの作品論を展開。国際セルバンテス研究者協会理事。さまざまな国際学会で研究発表をこなし、論文のほとんどはスペイン語で執筆。元NHKラジオ・スペイン語講座（応用編）およびテレビ・スペイン語会話担当講師。日本イスパニヤ学会理事および学会誌『HISPANICA』の編集委員長も務めた。1990年から2001年まで文芸雑誌『ユリイカ』（青土社）のコラム「ワールド・カルチュア・マップ」でスペイン現代文学の紹介に努める。訳書には牛島信明他共訳『スペイン黄金世紀演劇集』（名古屋大学出版会、2003年）、フアン・マルセー『ロリータ・クラブでラヴソング』（現代企画室、2012年）、『アントニオ・ガモネダ詩集（アンソロジー）』（現代企画室、2013年）など。

ロス・クラシコス5

ドン・アルバロ　あるいは　運命の力

発　行　2016年8月31日初版第1刷　1000部
定　価　2500円＋税
著　者　リバス公爵
訳　者　稲本健二
装　丁　本永惠子デザイン室
発行者　北川フラム
発行所　現代企画室
東京都渋谷区桜丘町15-8-204
Tel. 03-3461-5082 Fax 03-3461-5083
e-mail: gendai@jca.apc.org
http://www.jca.apc.org/gendai/
印刷所　中央精版印刷株式会社

ISBN978-4-7738-1612-9 C0097 Y2500E
©INAMOTO Kenji, 2016
©Gendaikikakushitsu Publishers, 2016, Printed in Japan

ロス・クラシコス

スペイン語圏各地で読み継がれてきた古典的名作を集成する。企画・監修＝寺尾隆吉

①別荘

ホセ・ドノソ著／寺尾隆吉訳

小国の頽廃した大富豪一族が毎夏を過ごす「別荘」。大人たちがピクニックに出かけたある日、日常の秩序が失われた小世界で、子どもたちの企みと別荘をめぐる暗い歴史が交錯し、やがて常軌を逸した出来事が巻きおこる……。「悪夢」の作家ホセ・ドノソの、二転、三転する狂気をはらんだ世界が読む者を眩惑する怪作。

三六〇〇円

②ドニャ・ペルフェクタ　完璧な婦人

ベニート・ペレス＝ガルドス著／大楠栄三訳

一九世紀後半のスペイン。架空の寒村、オルバホッサを舞台に、一見すると良い人間たちが、自己確信の強さから次第に不寛容になり、ついには〈狂信〉が最悪の破局をもたらす過程を描く人間悲劇。スペインの「国民作家」ベニート・ペレス＝ガルドス初期の代表作にして、ルイス・ブニュエルが映画化を試みた愛読書。

三〇〇〇円

③怒りの玩具

ロベルト・アルルト＝著／寺尾隆吉訳

稀代の大悪党に憧れ、発明を愛する誇り高き少年が、貧困に打ちのめされた果てに選びとった道とは？二〇世紀初頭ブエノスアイレスの貧民街とそこに生きる孤独な人間の葛藤、下層労働者の「その日暮らし」をみずみずしいリアリズムで描き出す、後進に決定的な影響を与えた「現代アルゼンチン小説の開祖」の代表作。

二八〇〇円

④セサル・バジェホ全詩集

セサル・バジェホ著／松本健二訳

ジョイスが『ユリシーズ』を、エリオットが『荒地』を、賢治が『春と修羅』を、ブルトンが『シュルレアリスム宣言』を、そしてマヤコフスキーが幾多の詩篇を書いていたころ、遠くペルー・アンデスを出自とするひとりの青年も詩作に耽っていた……。死後八〇年近く、ついに明かされる前衛詩人の詩的乾坤。

三二〇〇円

税抜表示　以下続刊（二〇一六年八月現在）